# 세상에 없는 나라
# 지도책

## 지은이 크리스 F. 올리버

1987년 바르셀로나에서 태어났습니다. 이야기를 좋아했고 35년이 지난 지금도 여전히 이야기에 둘러싸여 작업하며 살고 있습니다.
문학에 대한 자신의 열정을 어린이, 마녀, 고양이, 그림 등과 공유하고 있습니다.

## 그린이 홀리오 푸엔테스

바르셀로나에서 그림을 그리고 있습니다. 디자인, 일러스트레이션 및 실크 스크린을 좋아합니다.
출판사, 잡지, 바르셀로나 벼룩시장 등 다양한 매체와 작업을 하고 있습니다.

## 옮긴이 송창훈

한국외국어대학교에서 스페인어를 전공하고 페루 라몰리나국립농업대학교에서 석사학위를 받았습니다.
한국국제협력단(KOICA) 창립 멤버로 약 30년간 과테말라, 콜롬비아, 페루, 코스타리카 등지에서 사무소장으로 일하면서
다양한 국제개발 프로젝트를 기획, 운영했습니다. 코스타리카국립대학교(UCR)와 고려대학교에서 국제개발협력을 가르치고 있습니다.

## 옮긴이 양성미

이화여자대학교 대학원에서 컴퓨터를 공부했고 한경대학교, 한국성서대학교 등 여러 대학교에서 학생들을 가르쳤습니다.
스페인어를 통해 중남미 지역에 관심을 가지게 되었고, 한국국제협력단(KOICA)을 통해 파라과이, 페루, 코스타리카 등지에서
근무하면서 중남미 스페인어의 매력을 발견했습니다. 새로운 문화를 접하는 것을 좋아해서 전 세계 여러 곳을 여행했습니다.

세상에 없는 나라
# 지도책

**초판 1쇄 발행** 2022년 10월 21일

**지은이** 크리스 F. 올리버
**그린이** 홀리오 푸엔테스
**옮긴이** 송창훈, 양성미

**펴낸이** 권은수 **펴낸곳** 도서출판 봄볕
**만듦** 박찬석, 장하린 **꾸밈** 여희숙 **가꿈** 성진숙 **알림** 강신현 **살림** 권은수
**함께 만든 곳** 피오디 북, 가람페이퍼

**등록** 2015년 4월 23일 제25100-2015-000031호
**주소** 서울특별시 서대문구 서소문로 37 1406호(합동, 충정로대우디오빌)
**전화** 02-6375-1849 **팩스** 02-6499-1849
**전자우편** springsunshine@naver.com **블로그** http://blog.naver.com/springsunshine
**스마트스토어** https://smartstore.naver.com/shinybook **인스타그램** @springsunshine0423
**ISBN** 979-11-90704-71-7 03800

# 세상에 없는 나라 지도책

크리스 F. 올리버 지음

훌리오 푸엔테스 그림

송창훈, 양성미 옮김

봄볕

# 목차

어서 오세요 . . . . . . . . . . . . . . . . . . . . . . . . . . . . . . . . . . . . . . . . . . . . . . . . . . . 7

## 먼 곳

런던, 1984 . . . . . . . . . . . . . . . . . . . . . . . . . . . . . . . . . . . . . . . . . . . . . . . . . . . 8
지구 중심 . . . . . . . . . . . . . . . . . . . . . . . . . . . . . . . . . . . . . . . . . . . . . . . . . . . 12
오즈 . . . . . . . . . . . . . . . . . . . . . . . . . . . . . . . . . . . . . . . . . . . . . . . . . . . . . . . . 16
네버랜드 . . . . . . . . . . . . . . . . . . . . . . . . . . . . . . . . . . . . . . . . . . . . . . . . . . . 20
윙카 공장 . . . . . . . . . . . . . . . . . . . . . . . . . . . . . . . . . . . . . . . . . . . . . . . . . . . 24
이상한 나라 . . . . . . . . . . . . . . . . . . . . . . . . . . . . . . . . . . . . . . . . . . . . . . . . . 28
북극 . . . . . . . . . . . . . . . . . . . . . . . . . . . . . . . . . . . . . . . . . . . . . . . . . . . . . . . . 32
이둔 . . . . . . . . . . . . . . . . . . . . . . . . . . . . . . . . . . . . . . . . . . . . . . . . . . . . . . . . 36
릴리펏과 블레푸스쿠 . . . . . . . . . . . . . . . . . . . . . . . . . . . . . . . . . . . . . . . 40
어스시 . . . . . . . . . . . . . . . . . . . . . . . . . . . . . . . . . . . . . . . . . . . . . . . . . . . . . 44
카멜롯 . . . . . . . . . . . . . . . . . . . . . . . . . . . . . . . . . . . . . . . . . . . . . . . . . . . . . 48
소행성 B612 . . . . . . . . . . . . . . . . . . . . . . . . . . . . . . . . . . . . . . . . . . . . . . . . 52
잉거리 . . . . . . . . . . . . . . . . . . . . . . . . . . . . . . . . . . . . . . . . . . . . . . . . . . . . . 56
카프리콘의 마을 . . . . . . . . . . . . . . . . . . . . . . . . . . . . . . . . . . . . . . . . . . . 60
알려진 세계 . . . . . . . . . . . . . . . . . . . . . . . . . . . . . . . . . . . . . . . . . . . . . . . . 64
신베이징 . . . . . . . . . . . . . . . . . . . . . . . . . . . . . . . . . . . . . . . . . . . . . . . . . . . 68
샤이어에서 외로운산까지 . . . . . . . . . . . . . . . . . . . . . . . . . . . . . . . . . . 72
판엠 . . . . . . . . . . . . . . . . . . . . . . . . . . . . . . . . . . . . . . . . . . . . . . . . . . . . . . . 76
환상 세계 . . . . . . . . . . . . . . . . . . . . . . . . . . . . . . . . . . . . . . . . . . . . . . . . . . 80
호그와트 . . . . . . . . . . . . . . . . . . . . . . . . . . . . . . . . . . . . . . . . . . . . . . . . . . . 84
나니아 . . . . . . . . . . . . . . . . . . . . . . . . . . . . . . . . . . . . . . . . . . . . . . . . . . . . . 88

# 가까운 곳

셜록의 런던 . . . . . . . . . . . . . . . . . . . . . . . . . . . . . . . 92

고담 시 . . . . . . . . . . . . . . . . . . . . . . . . . . . . . . . . . . . 96

뒤죽박죽 별장 . . . . . . . . . . . . . . . . . . . . . . . . . . . . . 100

태평양 어딘가에 있는 무인도 . . . . . . . . . . . . . . . . . 104

포크스 . . . . . . . . . . . . . . . . . . . . . . . . . . . . . . . . . . . 108

플로리다주 올랜도의 제퍼슨 파크 . . . . . . . . . . . . . 112

반쪽 피 캠프와 지하세계 . . . . . . . . . . . . . . . . . . . . 116

1986년의 네브래스카주 오마하 . . . . . . . . . . . . . . . 120

서식스, 데번셔 그리고 런던 . . . . . . . . . . . . . . . . . . 124


감사의 글 . . . . . . . . . . . . . . . . . . . . . . . . . . . . . . . . 128

무언가 잘못되어 갈 때 《해리 포터》를 다시 읽는 데 전문가들인 키마와 실비아에게
– 크리스 F. 올리버

사랑과 인내심을 가진 가족과 친구들, 감수성이 있는 마놀로와
무한하고 마법 같은 사랑을 지닌 다니에게
– 훌리오 푸엔테스

**일러두기**

국내 번역된 번역본 중 표기법을 따른 도서를 명기해 둡니다. 간혹 외래어표기법이나 널리 통용되는 표기를 우선한 경우도 있습니다. 제목, 저자, 역자, 출판사, 국내 출간 년도(개정판 출간 년도) 순입니다.

《1984》 조지 오웰 지음, 정회성 옮김, 민음사, 2003 | 《지구 속 여행》 쥘 베른 지음, 김석희 옮김, 열림원, 2007 | 《오즈의 마법사》 라이먼 프랭크 바움 지음, 김석희 옮김, 시공주니어, 2018 | 《피터 팬》 제임스 매튜 배리 지음 장영희 옮김, 비룡소, 2004 | 《찰리와 초콜릿 공장》 로알드 달 지음, 지혜연 옮김, 시공주니어, 2019 | 《이상한 나라의 앨리스》 루이스 캐럴 지음, 손영미 옮김, 시공주니어, 2019 | 《황금 나침반》 필립 풀먼 지음, 이창식 옮김, 김영사, 2007 | 《이둔의 기억 1~6》 라우라 가예고 가르시아 지음, 고인경 옮김, 문학동네, 2007 | 《걸리버 여행기》 조너선 스위프트 지음, 이종인 옮김, 현대지성 2019 | 《어스시의 마법사》 어슐러 K. 르 귄 지음, 최준영 이지연 옮김, 황금가지, 2006 | 《아서왕과 원탁의 기사》 로저 랜슬린 그린 지음, 참고할 판본이 없어서 외래어표기법을 따름 | 《어린 왕자》 앙투안 드 생텍쥐페리 지음, 황현산 옮김, 열린책들, 2015 | 《하울의 움직이는 성》 다이애나 윈 존스 지음, 김진준 옮김, 문학수첩 리틀북, 2004 | 《잉크하트》 코넬리아 푼케 지음, 안종설 옮김, 문학수첩 리틀북, 2005 | 《왕좌의 게임》 조지 R. R. 마틴 지음, 이수현 옮김, 은행나무, 2016 | 《신더》 마리사 마이어 지음, 김지현 옮김, 북로드, 2013 | 《호빗》 존 R. R. 톨킨 지음, 이미애 옮김, 아르테, 2021 | 《헝거 게임》 수잔 콜린스 지음, 이원열 옮김, 북폴리오, 2009 | 《끝없는 이야기》 미하엘 엔데 지음, 허수경 옮김, 비룡소, 2003 | 《해리 포터와 마법사의 돌》 J. K. 롤링 지음, 강동혁 옮김, 문학수첩, 2019(20주년 개정판) | 《사자와 마녀와 옷장》 C. S. 루이스 지음, 햇살과나무꾼 옮김, 시공주니어, 2018 | 《셜록 홈스》 아서 코난 도일 지음, 백영미 옮김, 황금가지, 2002 | 《디텍티브 코믹스》 제27호, 배트맨의 등장, 1939.3.30. 외래어표기법을 따르면서 영화사 표기 참조 | 《내 이름은 삐삐 롱스타킹》 아스트리드 린드그렌 지음, 햇살과나무꾼 옮김, 시공주니어, 2017 | 《파리대왕》 윌리엄 골딩 지음, 유종호 옮김, 민음사, 2002 | 《트와일라잇》 스테프니 메이어 지음, 변용란 옮김, 북폴리오, 2008 | 《종이 도시》 존 그린 지음, 김민석 옮김, 바람의아이들, 2010 | 《퍼시 잭슨과 번개 도둑》 릭 라이어던 지음, 이수현 옮김, 북에이드, 2010 | 《엘리노어 & 파크》 레인보우 로웰 지음, 전하림 옮김, 보물창고, 2014 | 《이성과 감성》 제인 오스틴 지음, 윤지관 옮김, 민음사, 2006

# 어서 오세요

환상의 세계를 안내하는 지도책에 오신 것에 환영합니다. 시간을 거슬러 여행하고 평행 우주로 이동하면서 우주 공간을 넘나들고 디스토피아에서 살아남으면서 가장 특별한 생명체들을 따라 동화 속 나라를 경험해 보세요! 잊을 수 없는 모험을 시작할 준비가 되었다면 바로 책장을 넘기세요.*

* 우리는 당신이 여행하는 동안 겪을 수 있는 사고에 대해 책임지지 않습니다.

# 런던, 1984

《1984》, 조지 오웰, 1949

△ △ △

오! 1984년은 정말 끔찍했어요! 암흑세계와 권모술수, 혹독한 감시 그리고 정치적 억압이 366일 동안이나 있었더랍니다.* 이런 디스토피아 런던에 가고 싶어 하는 사람은 거의 없을 거예요. 자살 특공대에게조차 인기가 없는 곳이거든요. 이때 시공간을 통하는 여행에 무슨 문제가 생겨 수백 명의 관광객이 뜻하지 않게 이곳에 떨어졌어요. 다들 겁에 질렸지요. 이들이 도착한 곳은 런던이 있는 오세아니아의 에어스트립 원(1)이라는 지역이에요. 오세아니아에서 세 번째로 인구가 많은 곳이지요. 오세아니아는 지구상에 있는 세 개의 거대 국가 중 하나로 다른 거대 세력인 이스트아시아, 유라시아와 전쟁을 벌이고 있어요. (아마 가상 전쟁일 거예요.)

오세아니아의 최고 지도자는 정확한 실체를 알 수 없는 '빅 브라더'인데 모든 것을 지켜보고 있어요. 실제로 일하는 것은 사회당으로 '신어'라는 새로운 공식 언어를 만들고 역사를 정권에 유리하게 바꾸는 작업을 하고 있답니다. 이 독재 정권은 지나친 통제로 악명이 높아요. 아마 역사상 최악일 거예요. 개인이 당과 관련해 무언가를 '생각하는' 단순한 행동만 해도 최악의 범죄로 취급받아 사상경찰에 끌려갈 수 있거든요.

* 이 시기가 우리가 아는 것보다 더 오래 지속됐을 가능성이 있지만, 현대 디스토피아 전문가들이 이를 검증할 만한 데이터가 충분하지 않아 확실히 알 수는 없어요.

런던
1984

승리 맨션

애정부

승리 광장

진리부

템스강

평화부

풍요부

## 런던에서 일하기

길을 잃은 여행자들은 오세아니아에서 상위 계급에 속하는 내부 당원들에게 넘겨집니다. 내부 당원들은 이들을 차갑게 맞이한 다음 집행 계급인 외부 당원들에게 넘겨요. 이제 이 여행자들은 일주일에 60~90시간을 일해야 해요. 당신은 사무직원으로 1930년대에 지어진 승리 맨션에서 새로운 여정을 시작하게 됐어요. 이 건물은 수없이 많은 누수로 부러진 파이프가 즐비하고 반쯤은 부서진 석고 천장에다 바닥은 낡고 황폐해진 곳이에요. 오래된 집에서 머물게 될 텐데 집 안에는 '텔레스크린'이 확실하게 잘 작동하고 있으니 걱정 말고 편히 자도 됩니다. 이곳에서 반국가 인사로 의심받지 않으려면 미소를 지으면서 푸른색 제복을 입고 1킬로미터 떨어진 '진리부'로 출근하세요. 이곳은 놓쳐서는 안 되는 곳이에요. 반짝이는 철근 콘크리트로 만든 거대한 피라미드 모양 건물이 300미터 높이로 우뚝 솟아 있답니다. 방이 3,000개가 넘는데 대부분 지하에 있어요. 런던에는 크기가 비슷한 다른 건물 세 개가 더 있어요. 바로 '평화부'와 '애정부', '풍요부'예요. 흰색 건물 바깥쪽에 당의 세 가지 강령이 새겨져 있어 다른 건물들과 구별된답니다. 세 강령은 '전쟁은 평화', '자유는 예속', '무지는 힘'이에요.

⚠ ⚠ ⚠

당신은 쉴 새 없이 과거를 바꾸는 작업을 하겠지만, 결국 애정부
가장 깊은 곳에 있는 끔찍한 고문실 101호에서 이 여행을 마치게 될 거예요.
미로로 된 출구는 철조망과 강철 문으로 둘러싸였고 곳곳에 기관총이 숨겨져 있는 데다
무장 경비원들이 계속 감시하고 있어 탈출을 시도하는 것 자체가 헛된 일이에요.

## 자유 시간과 공연

1984년 디스토피아 런던에 볼만한 것은 거의 없어요. 폭격으로 황폐해진 땅에 창문은 종이로 막아 놓고 지붕은 양철로 덮은, 다 쓰러져 가는 판잣집들이 옹기종기 모여 있거든요. 시멘트 먼지가 거친 돌풍으로 몰려와 도시는 폐허가 되고 있어요. 그렇지만 이런 먼지 회오리바람이 분다고 해서 당신이 공공 시위에 참가하거나 유인물을 배포하거나 현수막을 준비하는 게 용서되진 않아요. (특히 '증오 시간'에 도착하는 경우 말이에요.) 퇴폐적인 국가 '오세아니아, 모든 것은 그대를 위해'를 즐기고 빅 브라더에게 헌정된 상징물들에게 경의를 표하세요. 승리 광장의 거대한 기둥에 세워진 웅장한 동상이라든가,

검은 콧수염이 덥수룩한 멋진 중년 남성 얼굴이 그려진 1미터가 넘는 화려한 포스터 따위 말이에요. 어떤 경우에도 책을 사서는 안 된답니다. 특히나 온 국민의 적 이매뉴얼 골드스타인의 책 같은 건 더더욱! 여기에서는 읽는 것과 쓰는 것 모두 엄격히 금지되어 있어요.(음성으로 받아 적는 것은 근무 시간에만 허용된답니다.) 영화는 항상 볼 수 있긴 해요. 모두 전쟁에 관련된 영화이지만요. 혹시 절망에 빠져 술을 마신다면 당신은 운이 좋아요. '승리주'보다 더 저렴하고 양이 많은 술은 없거든요.

⚠ ⚠ ⚠

**승리주나 승리 담배를 충분히 구할 수 없으면**
**체포될 위험을 감수하고 노동자 계급인 '프롤'이 다니는**
**선술집으로 가 보세요.**

### 세 개의 초강대국은 어떤 지역으로 이루어져 있나요?

- ○ 오세아니아 ........................................ 아메리카 대륙과 영국 제도, 호주, 뉴질랜드, 남아프리카 대륙
- ○ 이스트아시아 ........................................ 중국과 그 남쪽에 있는 나라들, 일본, 몽골, 티베트, 만주
- ○ 유라시아 ........................................ 포르투갈에서 베링 해협에 이르는 유럽과 아시아 대륙의 북부 지역

### 오세아니아를 지배하는 네 개 기관에서는 어떤 일을 하나요?

- ○ 진리부 ........................................ 신문, 방송, 교육, 예술 정책을 토대로 과거 조작
- ○ 평화부 ........................................ 전쟁에 관한 문제
- ○ 애정부 ........................................ 법과 질서를 보존하고 고문과 처벌을 통해 당원들을 재교육
- ○ 풍요부 ........................................ 전기와 음식, 의복을 배급하여 국민의 생계 유지

# 지구 중심

《지구 속 여행》, 쥘 베른, 1864

⚘ ⚘ ⚘

　광물학에 관심이 있는 타고난 모험가인가요? 그렇다면 더 이상 망설이지 마세요. 인류 역사상 가장 멋진 탐험을 준비해 보는 거예요. 지구 중심을 향해서 말이죠! 이 위험천만한 일을 맨 처음으로 해낸 탐험가는 16세기의 유명한 연금술사 '아르네 사크누셈'이랍니다.

　아르네 사크누셈이 쓴 작품들은 1573년에 그가 이단으로 몰렸을 때 불타 버렸어요. 그렇지만 지구 중심에 관한 정보는 12세기에 사용하던 룬 문자로 거친 양피지에 적어 숨겨 놓았지요. 300년이 지난 뒤, 독일 함부르크에 사는 리덴브로크 교수는 아이슬란드어로 쓰인 책들을 발견하고는 조카 악셀, 사냥꾼 한스와 함께 아르네 사크누셈이 갔던 길을 따라 지구 중심으로 여행을 떠납니다. 지구 중심으로 들어가는 입구는 아이슬란드에 있는 스네펠스 화산에 있어요. 이 화산의 높이는 약 1,500미터이며, 1219년 이후로는 분화 활동을 멈췄답니다.

　19세기 탐험가들은 함부르크에서 아이슬란드의 수도 레이캬비크까지 가는 데 육지와 바다로 여행하면서 몇 주가 걸렸지만, 이 시대를 사는 용감한 모험가들은 비행기만 타면 바로 갈 수 있어요. 하지만 이렇게 가로질러 가는 것이 덜 모험적이라는 뜻은 아니에요. 사실 1864년에 여행기가 출판되면서 여기저기 돌아다니는 것이 유행처럼 번지고 있지만, 여전히 곳곳에 위험이 도사리고 있답니다.

## 지구 중심에 가는 방법

　레이캬비크에 도착하면 이 얼음의 나라를 안내할 현지 가이드를 고용해야 해요. 장엄한 화산 기슭에 있는 스타피 마을에 도착하려면 협곡과 다른 늪지대를 지나 7~8일쯤 가야 하지만 너무 실망하진 마세요. 레이캬비크에서 35킬로미터쯤 가다 보면 나무와 흙, 화산암으로 된 장소에 머무를 수 있거든요. 충분히 쉬었으면 화산암 조각과 모래가 격렬하게 소용돌이치는 스네펠스 화산의 가파른 비탈을 올라갈 준비를 하세요.

　산 정상에 도착하면 저 멀리 그린란드를 보세요. 북극곰들이 얼음 평원을 따라 아이슬란드 쪽으로 이동하고 있을 거예요. 산 정상에 있는 분화구 밑으로 내려가면 지름이 약 30미터쯤 되는 굴이 세 개 있어요. 그중 가운데 굴을 따라 해수면 높이까지 내려가세요. 종유석이 난 어두운 굴로 계속 가는 거예요. 둥근 천장에 샹들리에처럼 매달린 용암 가지와 불투명한 석영 결정에 감탄할 거예요. 갈림길에서 동쪽으로 가면 물을 구할 수 없어요.

✳ ✳ ✳

화강암 벽 저편에서 물소리가 들릴 때까지 서쪽 굴로 계속 들어가세요.

그리고 지하 강 물줄기가 이쪽으로 흐르게끔 벽을 부수세요.

안내인인 한스가 이 두꺼운 화강암 벽을 깨서 물이 흘러나오게 했기 때문에

리덴브로크 교수는 이를 기리고자 그곳을 '한스천(川)'이라고 이름 지었어요.

물줄기를 따라 드넓은 바다가 나올 때까지 가파른 경사를 내려가세요.

넓은 동굴이 나오면 그곳이 첫 목적지인 '리덴브로크해(海)'랍니다.

## 지구 중심 주변에서 볼만한 것

　엄청난 물 앞에서 몸을 움츠리지 마세요. 대규모 화산 활동이 만들어 낸 화산암 천장의 으스스한 공포 세계를 연구해야 하니까요. 날카로운 바위 위로 오로라처럼 보이는 빛이 비치고 있어요. 이 크고 우뚝 솟은 바위들은 높은 파도가 수천 개의 작은 알갱이를 끌어오는 경사진 해안을 가로지르고 있답니다. 500여 개의 수평암층이 있는 이곳에는 어마어마한 크기의 박하와 쇠귀나물과 양치류가 서식하는 울창한 숲이 있는데, 엄청난 돌풍에도 끄떡없이 서 있어요. 그리고 이곳은 9~12미터 높이의 하얀 버섯들이 자라는 신비한 숲으로 이어진답니다.

뗏목을 만들어 그라우벤 항구에서 바다로 나가 긴 뱀과 철갑상어들이 노니는 모습을 보세요. 도마뱀 머리에 악어 이빨이 있는 어룡 이크티오사우루스와 거북 껍질에 둘러싸인 수장룡 플레시오사우루스가 바다에서 싸우는 무시무시한 장면도 목격할 수 있어요. 악셀섬 너머 다른 해안에 도착해서 1.5킬로미터쯤 들어가면 여기저기 쌓여 있는 큰 뼈들을 보게 될 거예요. 예전에 살았던 거대한 동물의 뼈뿐만 아니라 사람 두개골도 있어요. 30분쯤 걸어가면 지상에서는 이미 자취를 감춘 식물들이 서식하는 큰 숲에 도착할 거예요. 그곳에는 최초 시대에 살았던 코끼리 마스토돈들과 그들의 털과 비슷한 머리털이 있고 키가 4미터에 가까운 큰 인간들이 살고 있어요. 이 무서운 존재들에게서 도망쳐 바닷가 땅끝으로 가 보세요. 사크누셈이라고 적힌 주변 바위 사이에서 바깥으로 이어지는 통로를 발견할 수 있을 거예요.

🌿 🌿 🌿

그런데 그곳에서 탈출하는 방법이란 이탈리아에 있는 스트롬볼리 화산 분화구로
용암에 밀려 나오는 것이니 다치지 않게 조심하세요.

(그리고 지상으로 올라오게 되면 이탈리아도 구경하길 추천합니다.)

## 떠나기 전에 꼭 챙겨 가세요

🌿 아이겔 섭씨 온도계

🌿 크로노미터

🌿 야간용 망원경

🌿 6개월치 말린 고기와 비스킷 식량

🌿 열매와 호박

🌿 압축 공기로 작동하는 압력계

🌿 복각, 편각을 재기 위한 나침반 두 개

🌿 룸코르프 램프 두 개

# 오즈

### 《오즈의 마법사》, 프랭크 바움, 1900

노란 벽돌 나라에 오신 것을 환영합니다! 오즈는 우주 어디엔가 숨겨져 있는 네모난 나라예요. 오즈에는 무시무시한 사막이 둘러싼 세모 모양의 나라가 네 개 있답니다. 동쪽에는 먼치킨이 살고 서쪽으로는 윙키가 살아요. 북쪽에는 길리킨이, 남쪽 나라에는 콰들링이 살지요. 이 지역 중심부에는 신비로운 에메랄드 시가 있어요. 이 도시는 동서남북 각 나라를 이어 주는 중간에 있는데, 키가 작은 광대와 현명한 허수아비, 행방불명된 공주처럼 좀 이상한 왕들이 다스리고 있었어요.

지금 오즈는 왕이 다스리는 나라이지만 동서남북 각 나라는 마녀들이 다스렸어요. 북쪽과 남쪽 나라에는 착한 마녀들이, 동쪽과 서쪽에는 사악한 마녀들이 군림하고 있었답니다.

오즈는 농사를 지어 먹을거리가 풍부한 나라예요. 수십만 국민들은 행복하게 지냈어요. 서쪽에 사는 윙키는 늑대와 검은 까마귀 떼, 벌 떼와 날개 달린 원숭이들을 부리던 사악한 서쪽 마녀 손에서 몇십 년 동안 노예 생활을 했지만 마녀가 죽고 난 뒤에는 모든 것을 잊었죠. 부족한 것 없이 행복했어요!

오즈에도 절망적인 암흑의 시대가 있었지만 병에 걸리는 사람이 없어서 큰 사고만 당하지 않으면 아무도 죽지 않는답니다. 오즈 사람들은 평화롭게 지내고 있어요. 에메랄드 시에 군대라고는 늙은 문지기와 근위병 한 명밖에 없어요.

오즈

길리킨의 나라

도자기 나라

에메랄드 시

양귀비 초원

쾌들링들이 사는 곳

## 에메랄드 시에 가는 방법

오즈가 정확하게 우리 은하계 어디에 있는지는 알 수 없어요. 그렇지만 바람 부는 캔자스 대평원에 있는 작은 나무집에서 회오리바람이 불 때까지 기다리면 오즈에 안전하게 도착할 수 있답니다. 집이 풍선처럼 하늘로 떠오르더라도 놀라지 마세요. 아무 탈 없이 먼치킨이 사는 나라에 도착할 거예요. 집이 바닥에 떨어질 때는 혹시라도 이웃들이 깔려서 다치지 않게끔 계속 살펴봐야 해요. 오즈에 도착하면 먼치킨에게 자신을 소개하세요. 무서워하지 말고요. 그들은 당신보다 몸집도 작고, 또 매우 친절하답니다. 물론 영어도 할 수 있고요.

거의 모든 것이 파란색인 이 나라에서 며칠 머무를 수 있어요. 하지만 집이 작고 이상한 원형인 데다 지붕에 있는 큰 돔이 불편하게 느껴져 신비로운 에메랄드 시로 얼른 가고 싶을 거예요. 그곳은 먼치킨이 사는 이 나라보다 안락하답니다. 노란 벽돌 길을 따라가면 길을 잃지 않을 거예요. 가다 보면 나뭇가지들이 사방으로 뻗은 큰 숲을 지나게 되는데, 그곳을 지나가려면 나뭇가지를 자를 도끼가 필요해요. 여기는 좀 무섭고 어둡지만 도끼가 있으면 무서운 동물들이 다가오지 못해요. 울적한 마음을 기분 좋게 바꾸고 싶다면 황새, 생쥐 들과 이야기해 보세요. 숲에서 나오면 꽃으로 가득한 아름다운 초원을 만날 텐데, 그 붉은 양귀비꽃 향기를 맡으면 영원히 잠들 수 있으니 조심하고요.

양귀비 꽃밭을 무사히 지나면 에메랄드 시를 보호하는 환히 빛나는 커다란 초록색 문에 도착할 거예요. 들어가려면 초인종을 누르세요. 고급스러운 에메랄드가 총총 박힌 문으로 작은 남자가 나올 거예요. 초록빛이 감도는 피부에 초록색 옷을 입은 그 사람은 당신에게도 초록색 안경을 쓰라고 권할 거예요. 쓰겠다고 하면 성문 안으로 안내해 준답니다. 에메랄드 시가 정말 초록빛인지 아니면 안경을 써서 그렇게 보이는지를 두고 많은 논란이 있었지만 결론은 나지 않았어요. 다만 에메랄드 시는 집과 거리가 모두 대리석이고 환상적인 이야기가 담긴, 이 세상에서 가장 눈부시게 아름다운 도시라는 점에는 모두 동의한답니다.

오는 동안 과일과 견과류만 먹었지요? 에메랄드 시에 가면 맛있는 음식이 있으니 마음껏 즐기세요. 그리고 초록빛이 도는 실크와 공단, 벨벳으로 된 고급스러운 드레스를 한 벌 장만하는 것도 잊지 말고요. 왕을 만나고 싶다고 청하면 향기로운 분수와 대리석 왕좌가 있는 휘황찬란한 왕궁에 머무를 수 있어요.

궁을 떠나기 전에 벽과 바닥이 온통
수백 개의 에메랄드 보석으로 뒤덮인 멋진 접견실도 꼭 보세요.

## 주변 지역을 방문해 보세요

대도시는 너무 번잡스러워 한적한 시골을 더 좋아하세요? 뭐든지 척척 잘 만들어 내는 솜씨 좋은 윙키가 사는 서쪽 노란 나라로 여행 갈 수 있어요. 아니면 날개 달린 원숭이들이 태어난 곳이자 길리킨이 사는 북쪽 보랏빛 나라도 있고요. 콰들링이 사는 남쪽 붉은 나라를 여행하고 싶다면 먼저 숲을 지키는 무시무시한 나무들과 싸워야 해요. 그곳을 지나면 모든 것이 섬세하게 만들어진 도자기 나라를 지나게 되는데, 아무것도 깨뜨리지 않도록 조심하세요.

오즈의 멋진 구석구석을 즐기세요. 하지만 어떤 경우에라도
사막 근처에는 가면 안 돼요. 까딱 잘못해서 사막에 발을 들이면
몇 초 만에 모래로 바뀔 수 있거든요.

## 알고 있나요?

◈ 《오즈의 마법사》는 라이먼 프랭크 바움이 모두 열네 편을 썼지만, 루스 플럼리 톰슨, 존 닐, 잭 스노, 셔우드 스미스 등 50명이 넘는 작가들도 오즈 이야기를 만들었답니다. 잘 알려지지 않은 이야기까지 고려한다면 150편이 넘습니다.

◈ 라이먼 프랭크 바움은 자신의 서류함 서랍에 붙어 있는 알파벳 'O-Z'에서 오즈라는 이름을 만들었어요.

◈ 미국인들에게 오즈는 영국인들이 생각하는 《해리 포터》의 마법 학교 호그와트 그리고 영국 소설가 C.S. 루이스의 판타지 소설에 나오는 나니아 왕국과 같은 의미랍니다.

◈ 1939년에 만든 영화에서는 도로시가 서쪽 마녀에게서 훔친 것을 빨간 구두라고 하지만 책에서는 은색으로 묘사하고 있습니다. 영화에서 사용한 구두 중 하나는 2005년에 도둑맞았는데 아직까지 찾지 못했다고 해요.

# 네버랜드
《피터 팬》, 제임스 배리, 1911

▶ ▶ ▶

　당신은 아직 어른이 되지 않았나요? 지킬 규칙도 없고 해야만 하는 일도 없는 곳에서 휴가를 보내고 싶지 않나요? 요정과 해적, 인어, 인디언 그리고 집 잃은 아이들과 말이죠. 그러고 싶은 마음이 든다면 네버랜드로 갈 시간이에요. 네버랜드는 홍학과 악어가 사는 깊은 바다로 둘러싸인 곳이죠. 우주 어딘가에 있는 이 이국적인 정글 섬에는 야생 동물도 살고 있답니다.

　1953년 월트 일라이어스 디즈니는 우주 어딘가에 이 환상적인 나라가 있다고 넌지시 이야기했어요. 인류학자들은 이미 어른이 되어 네버랜드에 들어갈 수 없었기 때문에 이 나라가 실제로 있는지 확인할 수 없었어요. 이 신비스러운 나라로 가는 길은 오직 어린이에게만 열린답니다. 그러나 아메리카 인디언이나 해적이 되고 싶은 어른은 예외가 될 수 있어요.

　여행자들의 상상력이 이 환상적인 세계의 모습을 바꾸기 때문에 네버랜드가 어떻게 생겼는지는 정확하게 알 수 없어요. 하지만 많은 여행자들은 말한답니다. 이따금 눈이 내리는 이 정글을 여러 개의 달과 태양이 비춰 준다고 해요. 인어가 사는 호수도 있고요. 야영지에는 붉은빛이 감돈답니다. 신비의 강도 흘러요. 잔인한 선장들이 선원들을 버리고 갔다는 이야기가 전해 오는 '귀양살이 바위'도 우두커니 서 있지요. 그곳에 버려진 선원들은 물에 빠져 죽었다고 해요.

## 네버랜드 주민들

네버랜드에는 어떤 규칙이나 제약이 없지만, 그렇다고 무질서한 나라는 아니에요. 아직 어른이 되지 않은 피터 팬이 집 잃은 소년들의 멋진 대장 노릇을 하고 있답니다. 집 잃은 아이들은 유모가 잠시 한눈을 파는 사이에 유아차에서 떨어진 아이들이에요. 7일 동안 가족이 아무도 찾지 않으면 네버랜드로 오게 되죠. 이 소년들*은 곰 가죽으로 만든 옷을 입고 신비로운 요정들과 함께 살게 됩니다. 한 손 크기보다도 작은 이 요정들은 아이들이 한 번에 한 가지 감정만 느끼게 만들어요.

▶▶▶

이 섬에는 후크 선장이 거느리는 무시무시한 해적이 살고 있어요.
'위대한 리틀 팬더'와 타이거 릴리 공주가 이끄는 인디언 부족도 있답니다.

## 네버랜드에 가는 방법

집 잃은 아이는 아니지만 네버랜드에 가고 싶나요? 그럼 자러 가기 전에 큰 목소리로 옛날이야기를 시작하세요. 피터 팬을 매혹할 수 있는 이야기라면 요정과 함께 찾아올 거예요. 요정이 가진 마법 가루가 있으면 당신도 날 수 있어요. 나침반과 지도도 필요 없답니다. 오른쪽으로 두 번째 모퉁이를 돌아 새벽이 올 때까지 계속 가세요. 여행하는 동안에는 잘 먹어야 해요. 도착하는 데 몇 달이 걸릴 수도 있거든요.

▶▶▶

그렇게 가다 보면 네버랜드가 당신을 찾아옵니다.
네버랜드가 들어오라고 허가해 주기 전까지는 네버랜드의 마법 해안을 만날 수 없어요.
네버랜드에 도착할 즈음이면 백만 개의 찬란한 태양 광선이 그 섬을 비출 거예요.
당신이 길을 잃지 않게끔 말이죠.

---

\* 소녀들이 없는 이유는 소녀들이 마법의 나라를 더 좋아하기 때문이 아니랍니다. 부모가 한눈을 팔아도 소녀들은 똑똑해서 유아차에서 잘 떨어지지 않기 때문이죠. 그래서 네버랜드로 여행을 떠날 가능성이 작은 거예요.

## 네버랜드에서 볼만한 것

운이 좋으면 집 잃은 아이들이 당신을 땅 밑에 있는 은신처로 초대해 줄지 몰라요. 그런데 그곳에 들어가려면 먼저 몸의 치수를 재야 하지요. 은신처로 내려가려면 몸에 꼭 맞는 나무 구멍을 찾아야 하거든요. 무사히 들어가게 되면 요정 팅커 벨이 사는 작은 틈새를 살짝 보세요. 앙증맞은 방에 놀랄 거예요. 살림살이가 오밀조밀 알차게 들어차 있죠.

이제 네버랜드를 본격적으로 여행하기 전에 구운 과일 케이크와 고구마, 코코넛, 구운 돼지고기, 바나나를 드세요. 여행 중에 먹는 음식이 진짜인지 아닌지 장담할 수 없어요. 호기심이 많이 나더라도 해적의 강 어귀에 있는 '키드만'은 피하세요. 혐오스럽게 생긴 졸리 로저호 갑판에 제임스 후크가 있는 모습을 보면 머뭇거리지 말고 피터 팬에게 알려 주시고요. 해적과 맞서 싸우기 위해 동맹을 맺을 게 아니라면 붉은 피부의 인디언들과도 마주치지 마세요. 그들은 전쟁 칼과 도끼를 가졌을 뿐만 아니라 아이들과 해적의 머리 가죽을 차고 있어요. 인어의 호수로 가 보세요. 하지만 인어들이 환영할 거라고 기대하지는 마세요. 운이 좋으면 그냥 무시하는 정도로 끝나지만, 운이 나쁘면 물을 튀길 거예요. 인어들이 하는 행동에 너무 신경 쓰지 말고 '귀양살이 바위'에서 쉬세요. 그곳은 인어들이 머리를 빗을 때 좋아하는 장소랍니다. 그렇지만 무엇보다 어두워지기 전에 호수를 떠나세요! 달이 뜨면 인간에게 위험한 곳으로 바뀌거든요.

▰▶▰▶▰▶

배를 타고 현실 세계로 돌아올 수 있어요.
하지만 아조레스 제도와 런던에서 시간을 버리고 싶지 않으면
피터 팬과 팅커 벨에게 집으로 데려다 달라고 부탁하세요.

## 팅커 벨 방에 있는 것

▰▶ 팅커 벨이 사는 벽감을 찾아보세요. 우아한 커튼, 기둥이 있는 요정 여왕의 침대 겸 소파, 《장화 신은 고양이》에 나오는 거울, 샤를망 6세 시대의 진품 옷장, 티들리윙크스에 나온 샹들리에와 초기 마저리와 로빈 시대의 최상급 카펫이 있는 귀여운 방을 보고 감탄할 거예요.

# 웡카 공장
《찰리와 초콜릿 공장》, 로알드 달, 1964

짭짤한 음식보다 단것을 더 좋아하나요? 그렇다면 운이 좋네요! 웡카 씨의 초콜릿 공장에 가 볼 수 있거든요. 그런데 들어가서 구경할 수 있는 인원이 정해져 있으니 서둘러야 해요.(금빛 초콜릿 포장지에 적힌 초대 조건을 확인하세요.)

이 초콜릿 공장은 사람들이 잘 모르는 산업 도시에 있어요.(아마 영국 어디에 있을 거예요.) 이 세상에서 제일 큰 초콜릿 공장이고요. 이곳 주인인 괴짜 발명가 윌리 웡카 씨는 달달한 모든 것과 예전에는 없던 초콜릿을 200종류가 넘게 만들었답니다.(인도의 폰디체리 왕자를 위해 방이 100개가 넘는 초콜릿 궁전도 만들었지요. 지금은 녹았지만요.)

피켈그루버, 프로드노즈, 슬러그워스가 정탐꾼을 들여보낸 후로 웡카 씨는 초콜릿 공장에서 일하던 일꾼을 모두 내보내고 3,000여 명의 움파룸파 사람들을 데려왔어요.

8센티미터가 넘지 않는 이 작은 존재들이 어떻게 생겨났는지는 아무도 몰라요. 마술 회사 전문가들은 움파룸파 사람들이 아프리카 정글에서 온 피그미족이라고 말하지만 다른 전문가들은 뿔쌩쌩이, 콩콩왕왕이, 왕알알이 같은 맹수들이 사는 룸파 나라에서 왔다고 말해요.

공장 밖으로 나가는 사람은 아무도 없는데, 매일 우체국 화물 트럭 여러 대가 와서 사탕을 싣고 전 세계 매장에 배달해요.

## 윙카 공장 방문

공장은 지하로 수십 킬로미터나 뻗어 있어요. 공장에 들어갈 수 있는 행운을 얻으면 윙카 씨 지시에 따라 먹어도 된다고 하는 사탕만 맛보세요. 입구에 서서 커피 원두 볶는 향을 음미해 보세요.

설탕이 끓으면서 풍기는 달콤한 냄새, 초콜릿이 녹는 냄새, 박하 향과 제비꽃 향기, 밤을 으깰 때 나는 고소한 냄새, 오렌지꽃 향기, 캐러멜 냄새, 레몬 껍질 향기까지 모두요. 공장을 구석구석 모두 보고 싶으면 한곳에 너무 오래 머무르지 마세요. 왼쪽으로 돌아 다시 왼쪽, 다시 오른쪽으로 돌아 다시 왼쪽으로 또 오른쪽, 다시 오른쪽과 왼쪽으로 돈 후 마지막으로 오른쪽으로 가면 초콜릿 강이 흐르는 지하 계곡에 도착한답니다. 초콜릿 강은 골짜기로 떨어지면서 부드러운 거품을 만들어요. 박하사탕 풀과 미나리아재비를 맛보는 것도 잊지 마세요.

딸기 맛 사탕으로 만든 윙카 씨의 개인 요트를 타고 신제품 발명실로 가 보세요. 도착하면 아무것도 만지지 마시고요. 사탕 종류인 '헤어 태피'를 만지면 수염이 생길 수 있어요. 마법의 풍선껌을 씹다가 피부가 영원히 푸른색으로 바뀔 수도 있고요. 검은 쇠 냄비가 난로 위에서 끓으며 풍기는 냄새를 맡아 보세요. 집채만 한 기계와 공장 전체에 수 킬로미터쯤 깔려 있는 파이프도 감상하시고요. 계속해서 미로 같은 복도에 있는 문들도 열고 들어가 보세요. 호두까기 방에서 일하고 있는 다람쥐들을 방해하면 다람쥐들이 당신을 쓰레기 배출구로 버릴 수 있으니 조심하시고요. 나머지 공장 지역을 돌아보려면 투명한 엘리베이터를 타고 최고 속도로 이동할 준비를 하세요. 이 엘리베이터는 상하좌우 어느 방향으로든 간답니다.

볼 수 있는 방의 개수만큼 버튼이 수백 개나 있지만 300미터 깊이에 있는 사탕 광산에서 시작하세요. 차가운 코코넛 우유로 만든 스케이트장과 레몬 소다 수영장, 초콜릿으로 된 우유를 생산하는 젖소들의 계곡을 따라 가는 것이 좋아요.

모험을 좋아하면 '상승 그리고 이탈'이라고 되어 있는 버튼을 누르세요.
하지만 텔레비전 방은 위험하니 피해야 해요. 아직 완성되지 않아 테스트 중이거든요.
그리고 움파룸파 사람들을 소홀히 대하지 마세요. 떠나기 전에 그들이 사는 마을에 가면
아마 당신에게 노래도 불러 줄 거예요.

## 놓치지 말아야 할 즐거움

수만 종류의 과자를 먹어 보세요. 그러나 설탕을 너무 먹어 죽을지도 모르니까 잘 참아야 해요. 감칠맛이 없는 것, 어느 과자점에서나 흔하게 맛볼 수 있는 사탕은 먹지 마시고요.
아래에 나온 것들을 즐겨 보세요.

◎ 초콜릿으로 된 맛있는 과자들

◎ 예쁘게 만들어진 사탕

◎ 호두로 만든 놀라운 것들

◎ 과일 주스 물총

◎ 10초마다 색이 변하는 사탕

◎ 빨아 먹을 수 있는 사탕 연필

◎ 맛이 없어지지 않는 껌

◎ 몸을 부풀게 하는 식용 풍선

◎ 먹으면 배 속에서도 움직이는 춤추는 사탕

◎ 몸을 공중에 뜨게 하는 탄산음료

◎ 손으로 만지면 입에서 초콜릿 맛이 나는 마법 초콜릿

◎ 여섯 가지 다른 색상을 뱉어 내는 무지개 사탕

◎ 사탕 화약

◎ 밤에 먹는 형광 막대 사탕

◎ 한 달 동안 이를 초록색으로 물들이는 페퍼민트 사탕

◎ 수업 시간에 먹을 수 있는 투명 초콜릿

◎ 잔소리 많은 부모를 위한 접착제 고무 사탕

◎ 충치 부분을 채우는 사탕

◎ 슈퍼 비타민 사탕 : 비타민 웡카와 알파벳 모든 글자 포함(병이 나게 하는 S와 머리에 뿔이 돋는 H는 제외)

# 이상한 나라
## 《이상한 나라의 앨리스》, 루이스 캐럴, 1865

환상적인 우주에서 가장 이상하고 초현실적인 나라에 오신 것을 환영합니다. 이 이상한 나라는 영국 땅 아래 어딘가에 있어요. 평행 우주를 연구하는 몇몇 전문가는 영국 옥스퍼드 대학교 건물 중 하나인 크라이스트 처치 칼리지 안에 이 이상한 나라로 들어가는 입구가 있다고 주장한답니다. 이곳이 크로케 경기를 하고 나서 여섯 시에 차를 마시기 딱 좋은 장소거든요. 이상한 나라는 무자비한 여왕님이 다스리는데, 카드처럼 판판하고 직사각형으로 된 반듯한 모습을 하라고 요구해요. 정원사들과 군인들은 여왕님의 뜻에 따라 열심히 일하지요.

이곳은 1852년에 앨리스가 발견했어요. 처음에 계산을 잘못해서 뉴질랜드와 오스트레일리아가 지구 내핵 너머 저편에 있다고 추정했던 사람이에요.(지구 중심으로 가 보려면 12페이지로 돌아가세요.)

이곳의 정확한 크기는 아무도 몰라요.(지도 제작자들이 이 나라를 방문하는 동안에도 모양이 계속 변해서 정확한 지형을 측정하기가 어렵거든요.) 그런데 아주 독특한 지역이 몇 군데 있어요. 동굴과 눈물의 바다, 애벌레의 버섯 집이나 하트 나라 왕과 왕비가 사는 성 같은 곳이지요. 이상한 나라에는 흰 토끼, 체셔 고양이, 3월 토끼, 모자 장수, 물고기와 개구리 병정, 가짜 거북, 그리펀(머리, 앞발, 날개는 독수리이고 몸통, 뒷발은 사자인 상상의 동물:옮긴이), 도도새 같은 주민들이 살고 있답니다.

## 가는 방법과 머무를 때 권장 사항

이상한 나라에 가려면 5월 4일에 눈이 빨간 흰 토끼를 따라 토끼 굴까지 가야 해요(그 토끼는 회중시계를 갖고 있으니 주의 깊게 살펴보세요).

굴속은 터널처럼 반듯하게 뚫려 있다가 갑자기 우물 같은 곳으로 푹 꺼져 버려요. 그렇다고 무서워하진 마세요. 아주 천천히 떨어지거든요. 밑으로 내려가는 동안 찬장과 선반에 잼(마멀레이드) 단지가 있지만 집지 마세요. 비어 있을 거예요.

이상한 나라에 도착하면 몸을 자라게 하거나 줄어들게 하는 음식들을 먹어요. 그래야 다른 공간으로 들어갈 수 있답니다. 작은 병에는 몸을 줄어들게 하는 음료가 들어 있고, 케이크를 먹으면 몸이 크게 자라요. 꼭 필요한 순간에 병과 케이크가 손 닿는 데 없을 수도 있으니 혹시 모를 때를 대비해서 잘 챙겨 두세요. 첫 번째 거실에 있는 작은 병 안에 든 것을 마셔 보세요. 체리 파이, 커스터드, 파인애플, 칠면조 구이, 태피와 바삭한 버터 토스트를 섞어 놓은 듯한 맛이 날 거예요. 많이 마시지는 말고요. 몸이 너무 작아지면 건포도로 '나를 먹어요'라고 쓴 케이크를 찾아보세요. 그리고 몸의 크기를 조절하기 전에 테이블 위에 놓인 열쇠도 잊지 말고 꼭 챙겨 가고요. 열쇠가 없으면 문을 열고 나가 여행을 계속할 수 없거든요.

몸집이 커져서 건물을 무너뜨리고 그 지역에 사는 주민들을 화나게
하고 싶지 않으면 몸의 크기가 항상 그들과 비슷하게끔 잘 조절하세요.
하트 나라 여왕의 법정에서는 키가 1,600미터를 넘으면 법정에서 추방당하니 조심하고요.
그 내용은 이상한 나라 법률 제42조에 있다고 해요.

## 이상한 나라 관광

혹시 건축 애호가인가요? 그렇다면 당신이 따라온 흰 토끼가 사는 집에 안 가 볼 수 없겠죠. 찾아가기 쉬워요. 문에 '흰 토끼'라고 적힌 놋쇠 문패가 붙어 있거든요. 그 집은 깨끗하고 작아요. 그리고 공작 부인의 집에도 가 보세요. 집 앞에 물고기와 개구리 하인이 있을 테지만 그냥 무시하고 들어가세요. 그러지 않으면 문 앞에서 며칠을 기다려야 할지 몰라요. 집 크기는 122센티미터예요. 그러니 몸을 웅크리고 들어가세요. 부엌에는 다리가 세 개인 의자도 있으니 꼭 구경해 보시고요.

그 지역을 속속들이 알고 싶다면 3월 토끼 집 앞에서 차를 마시고 체셔 고양이와 대화해 보세요. 가

짜 거북이 하는 말을 들어 보거나 애벌레와 이야기를 주고받아도 좋아요. 파이프를 피우면서 온갖 미사여구를 동원해 질문하는 걸 듣고 싶다면 말이에요. 여왕이 머무는 성 안 정원에 있는 분수의 청량함과 꽃향기에 취해 보세요. 그렇지만 정원 입구에 있는 큰 장미 덤불은 만지지 마세요. 페인트로 손이 얼룩질 수 있거든요.

만약 경기에 참여하면 겁 많은 생쥐와 오리, 도도새, 앵무새, 까치, 독수리 그리고 말하는 다른 새들과 함께 원형 트랙을 달릴 수 있어요. 그리고 공 대신에 고슴도치를, 채 대신에 홍학을 쓰는 크로케 경기를 하기에 적합한 나라랍니다.

여행하기 전에 연습할 필요는 없어요.
규칙도 없지만 어쨌거나 그곳 여왕이 당신의 목을 베고 싶어 할 거예요.
법정에 가 본 뒤에도 이상한 나라를 계속 여행하고 싶다면
벽난로 뒤 거울을 찾으세요.

## 알고 있나요?

♥ 《이상한 나라의 앨리스》는 루이스 캐럴과 로빈슨 덕워스 교수, 헨리 리들의 세 딸이 런던 템스강에서 보트를 타는 동안 만든 이야기랍니다. 루이스 캐럴은 열세 살이던 로리나와 열 살이던 앨리스, 여덟 살이던 막내 이디스를 즐겁게 해 주려고 이 모험담을 지었어요. 앨리스는 이 이야기를 글로 써 달라고 간청했고, 루이스 캐럴은 3년 뒤에 책으로 만들어 세상에 내놓았습니다.

♥ 이야기의 주인공 앨리스가 이상한 나라로 여행하는 날짜는 헨리 리들의 둘째 딸 앨리스 리들의 생일과 같답니다.(1852년 5월 4일)

♥ 앨리스 리들이 이러한 동화 나라 이야기에 영감을 준 유일한 소녀는 아니에요. 《피터 팬》의 경우에도 작가 제임스 매튜 배리는 주인공 피터 팬과 웬디의 이름을 피터 르웰린 데이비스라는 소년에게서 가져왔지요. 1932년에는 이미 전설적인 인물이 된 80세의 앨리스 리들과 35세의 피터 르웰린이 컬럼비아 대학교에서 만나기도 했답니다.

♥ 작가가 이 이야기를 만들 때 영감을 받은 옥스퍼드 대학교의 건물 중 하나인 크라이스트 처치 칼리지는 이 책에서도 다루는 《해리 포터》와 《황금 나침반》의 영화 촬영지로 사용됐어요.

# 북극

### 《황금 나침반》, 필립 풀먼, 1995

**✳ ✳ ✳**

옥스퍼드 대학교에 오신 것을 다시 한번 환영합니다. 이곳에서 이상한 나라로 들어가는 입구를 찾아 지하 바닥까지 내려가 봤는데도 여전히 모험을 계속하고 싶나요?(이상한 나라로 다시 가고 싶으면 28페이지로 가세요.) 그렇다면 조던 대학으로 가서 다른 우주가 존재한다는 것을 알려 주는 '더스트'를 찾아보세요. 그리고 북극으로 가는 새로운 탐험을 시작하는 거예요. 하지만 조심해야 해요. 그 캠퍼스에는 세력이 막강한 교회가 정말 터무니없는 정치 논리로 압력을 행사하고 있거든요. 매지스테리움이라는 집단은 우리가 사는 곳과 이곳에 속한 영적인 것 외의 다른 현실에 어떤 존재가 있다고 믿는 사람들을 이단자로 규정하고 억압해요. 성체 위원회와 목표를 공유하고 있죠.

일부 과학자들은 지금 우리가 사는 이 세상과 겹쳐진 다른 세계가 있다는 사실을 확인했어요. 그들이 걸어간 길을 따라가고 싶으면 조던 대학에서 나와 모험을 시작해 봐요.(요즘 북극에 있는 북극광 사이로 다른 세계의 모습이 점점 뚜렷이 나타나고 있거든요.) 하지만 조심해야 해요. 북극에는 매지스테리움의 부속 건물인 볼반가르가 있어요. 이 무시무시한 곳에서는 아이들에게 잔인한 실험을 하고 있어요. 어른이 됐을 때 다른 세계인 평행 우주를 엿볼 수 없게 하기 위해서죠.

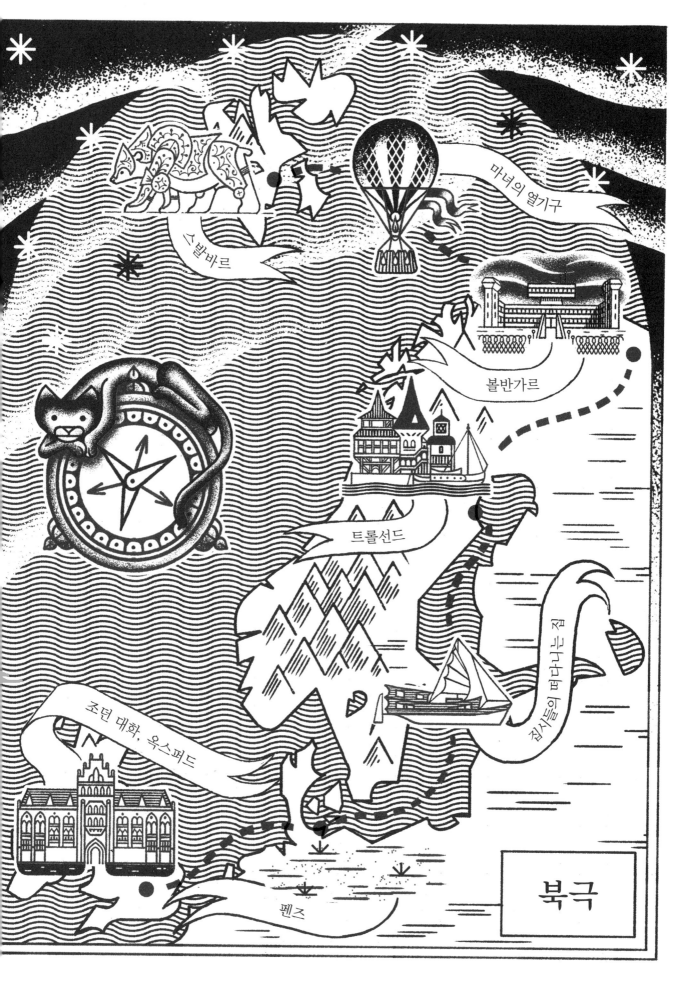

## 볼반가르에 가는 방법

북극이 이렇게 위험한데 정말 가고 싶어요? 출발하기 전에 알아 두어야 할 것은, 그곳에 아이들을 화덕에 구워 먹는 타타르족이 있다는 거예요. 머리가 없는 배고픈 밤 유령은 아이 정도 크기인데 숲에서 잠든 사람들을 납치해요. 모든 에너지를 빼앗아 버리는 방황하는 영혼들도 있어요. 그들은 숨을 쉬지 않는, 반쯤은 죽은 전사예요.

그래도 이 힘든 여행을 계속하고자 한다면 당신의 데몬을 데리고 런던으로 가세요. 데몬은 당신의 기분에 따라 모습을 바꿀 수 있는, 말하는 영적 동물이랍니다. 집시들이 사는 떠다니는 집을 찾아보세요. 잉글랜드 동부로 가면 하늘이 거대한 멋진 자연 경관을 자랑하는 곳이 있어요. 그곳에 끝없이 펼쳐진 펜즈 습지를 향해서 가는 거예요. 네덜란드 쪽에 늘어선 제방을 보고 안심하지 마세요. 뱀장어가 득실거리고 마녀 기름이 고여 있는 축축한 땅이거든요. 신비로운 빛을 내뿜는 늪지이기도 하고요.

마녀들과 동맹을 맺어야 하니 스칸디나비아 지역의 주요 항구인 트롤선드로 계속 가세요. 마녀들은 숲과 툰드라에 사는데, 눈 덮인 산과 바다표범이 사는 바다 사이에 그들의 도시가 있답니다. 생선 비린내가 진동하고 갈매기 떼가 모여드는 곳에 가서 지붕이 가파른 작은 목조 주택을 찾아보세요. 텍사스 출신 열기구 조종사인 마법사를 만날 거예요. 그리고 가능하다면 자신이 살던 나라에서 추방당한 아이스 베어를 고용하세요. 그 곰은 갑옷을 입은 용병 곰이랍니다.

✯✯✯

**빨간 네온사인이 켜지고 시멘트로 만든 초라한 술집에 있는**
**아이스 베어를 만나세요. 알코올 문제로 계속 그곳에 있을 수밖에 없었던**
**아이스 베어가 당신을 만나면 놀랄 거예요. 함께 모험할 팀이 다 꾸려지면**
**북동쪽으로 나흘 동안 썰매를 타고 볼반가르로 가세요.**

## 볼반가르와 스발바르에서 생존

아! 이 연구소는 정말 끔찍해요! 금속과 시멘트로 지은 건물 지하에는 카메라가 설치되어 있어요. 새와 여우, 나그네쥐 들이 끔찍하게 도망쳐 나온 이 건물에는 공포스러운 분위기가 감돌고 있어요. 내부는 에너지가 흐르는 철조망이 감싸고 있고요. 소총과 대포, 화염 방사기로 무장한 군인들이 입구를 쉼 없이 순찰하고 있답니다.

하지만 갑옷을 입은 곰의 등에 타기만 하면 사모예드족에게 붙잡힐 가능성은 있어도 어쨌든 목적지에는 도착할 수 있어요.(사자를 타고 달리는 게 좋다면 88쪽으로 가세요.) 잡혀서 포로로 있는 동안 되도록 많은 아이와 데몬을 구하세요. 그러고는 의연하게 착한 마녀를 떠나 최종 목적지까지 데려다줄 열기구를 타고 가는 거예요.

스발바르는 이 우주에서 가장 황량하고 차갑고 어둡고 고립된 지역이에요. 이곳은 매지스테리움이 고용한 용병 곰들이 사는 왕국이지요. 거대한 빙하와 화염을 내뿜는 광산, 얼음 요새와 공격적인 망령으로 가득 찬 절벽이 있어요. 갑옷으로 무장한 맹수들을 따돌리기가 쉽지 않으니 성체 위원회의 큰 석조 건물에 남아 있는 것도 괜찮아요. 곰들의 결투 결과에 따라 당신이 여기에서 탈출할 수 있을지 없을지 결정될 거예요. 용병 곰이 자신들을 다스리던 폭군 왕에게서 해방되고 매지스테리움이 이단자로 지정한 교사들을 구할 수 있을지도 결정되지요.

✳ ✳ ✳

오로라를 통해 보이는 빛의 도시가 궁금하면
이제 다른 우주에 가 볼 차례예요. 하지만 그곳으로 통하는 문이
나타나게 하려면 친구 한 명을 죽여야 해요.

## 알고 있나요?

✳ 조던 대학은 이 소설에서 만들어 낸 가상의 공간이지만, 옥스퍼드에 있는 필립 풀먼의 모교인 엑서터 대학과 비슷하답니다.

✳ 2007년에 만든 영화 각색본에서는 보수적인 관객들이 영화를 보이콧하지 않을까 하는 염려 때문에 교회와 관련된 내용을 삭제했어요.

✳ 작가는 이 이야기가 시작되기 10년 전의 일을 다룬 속편을 2017년에 출간했답니다.

✳ 이 소설은 2008년에 미국에서 가장 많이 구설에 오른 책 2위를 차지하기도 했습니다.

# 이둔

### 《이둔의 기억》, 라우라 가예고 가르시아, 2004~2006

이제 세 개의 달과 세 개의 태양이 있는 세계 '이둔'을 구할 시간입니다! 천상의 기록인 린탄의 책에 따르면 이 환상의 세계는 변덕스러운 여섯 신이 만들었어요. 바로 언제나 정의로운 이리알, 돌의 아버지 카레반, 바람의 제왕 요하비르, 모든 푸르름의 여신 위나, 불의 신 알둔과 바다의 여신 넬리암이죠. 그들은 태초에 '움'과 '엠마' 사이에서 태어났어요. 이 신들은 저마다 종족을 만들고 그것을 이둔 한 구석에 모아 두었어요. 인간은 얼음 고리 남쪽 계곡에 자리를 잡았어요. 동쪽 숲에는 요정이, 북쪽 끝에 숨겨진 '나나이'에는 거인이, 사막에는 얀족이, 바다와 호수와 물의 근원에는 바루족이 살고 있답니다. 마지막으로 하나의 육각형 대륙인 이 행성의 중심에는 평화로운 파란 생명체인 천상족이 있어요.

그러나 이 세계에는 평화가 없었어요. 그래서 신들은 혼돈을 바위에 가둘 수밖에 없었고, 그 탓에 비극적으로 어둠의 신 셉티모가 나타났어요. 수천 년에 걸쳐 사제들과 감정 없는 생명체, 대마법사 간에 전쟁이 있었고, 그 후 셉티모는 용과 유니콘을 몰살하고, 어둠의 왕국을 세운 흑마법사 아슈란의 몸으로 들어가 그의 영혼이 되었어요.

## 이둔 되찾기

저항군에 합류하고 싶나요? 그들은 지구인의 도움이 별로 필요하지 않을 거예요. 물론 당신이 이둔에서 도망쳐 지구로 온 난민일 가능성도 있지만요. 당신 임무가 이둔에서 살아남은 자들과 함께 아슈란을 상대로 싸워야 하는 거라면 밤이 끝없이 이어지는 비밀 은신처 림바드에서 눈뜨게 될 거예요. 지구와 이둔 사이에 자리한 이 작은 세계는 10킬로미터쯤 되는데, 작은 산과 숲도 있고 시내도 있어요. 망명자들이 자신의 영혼이 깃든 마법의 무기로 훈련하는 동안 안전하게 지낼 수 있는 곳이랍니다.(하지만 피에 목말라하는 이도 있어요!) 림바드에 있는 '경계의 집'은 중앙에 큰 도서관이 있고 내부가 서로 연결된 반구형 건물로, 당신은 이 안에서 편안하게 머무를 수 있어요.

하지만 저항군은 우주에 떠 있는 이 림바드에 당신들만 홀로 놓아두지는 않을 거예요. 여기에는 자비로운 독립체 알마가 머물고 있는데, 사악한 무리에게서 당신을 보호하고 당신을 다른 행성으로 순간 이동 시킬 수 있는 존재랍니다. 당신의 칼싸움 솜씨가 썩 좋은 편이 아니라면 이둔을 여행하는 동안 계속되는 전쟁터에서 빠져나오세요. 그리고 뱀처럼 생긴 병사 시슈를 조심하세요. 초인적 지능이 있는 날개 달린 뱀 셰크에게 충성하는 자들이거든요.

♣♣♣

영웅들이 기사들과 누에보스 드라고네스, 요정들의 도움을 받아
어둠의 마술사와 싸우는 동안 이둔을 둘러보세요.
하지만 누르곤 요새(난델트의 딩그라 왕국 안에 있어요.)
근처에는 가지 마세요. 아주 위험한 곳이거든요.

## 이둔 탐험하기

파도가 거친 바다에 둘러싸이고 신탁과 마법의 탑, 정글과 높은 산맥이 있는 이 행성을 탐험할 기회를 놓치지 마세요! 계속되는 전쟁으로 끊임없이 변하는 '대신탁'이 위치한 대륙 북쪽 끝에서 여행을 시작하세요. 고독한 거인을 만나려면 나나이로 계속 가세요. 얼음 고리로 둘러싸인 얼어붙은 땅에서는 눈보라에 대비해야 해요. 눈보라가 몰아치면 동굴 말고는 피할 곳이 없어요. 도시에서 지내고 싶으면 아디르강을 건너 난델트로 가세요. 인간은 어느 행성에서나 비슷한 성향을 드러내 이곳에서도 지역을 나누어 다섯 개 왕국(바니사르, 라헬드, 나네텐, 딩그라, 시아)을 세웠는데, 그곳에 누에보스 드라고네스의

총사령부 또는 영향력 있는 기사 아카데미가 있어요. 혹시 단순한 인간에게 좀 질렸나요?(물론 이유는 있겠죠!) 그렇다면 대륙 중심에 세워진, 웅장한 거리와 흰색 돔이 즐비한 대도시 셀레스티아로 가 보세요. 이곳에 사는 천상족은 모두 채식주의자여서 고기를 먹지 않는 미식가에게는 아주 이상적인 곳이에요. 그리고 잘 관리된 큰 새들이 둥지를 틀고 있기 때문에 조류학자가 아주 좋아할 만한 곳이지요.

이둔에 사는 신기한 생명체를 보려면 드락웬으로 계속 가세요. 서쪽으로 늪이 있고, 지금은 요정들이 사는 신성한 유니콘의 숲도 있고, '불의 꼭대기'라는 무시무시한 화산 지역도 있는 곳이랍니다. 대륙 동쪽에는 요정 대부분이 태어난 데르바드가 있어요. 아와 숲에 가서 숲의 요정, 땅의 정령과 이야기를 나눠 보세요. 하지만 사악한 고블린이 사는 트라스크반 숲에는 가까이 가지 마세요. 마지막으로 남쪽에는 신뢰하기 어려운 얀족이 사는 카슈타르 사막과 용의 슬픈 무덤이 자리 잡은 아위노르 지역이 있어요.

집으로 돌아가기 전에 바루족이 사는 수중 도시에 꼭 가 보세요.
집에 문은 없고 창문만 있는 곳이랍니다. 거친 바다가 무섭다면
이 물의 초능력자에게 걸맞은 큰 욕조가 있는
일류 호텔에서도 바루족을 찾을 수 있어요.

## 이둔에서 찾을 수 있는 것

🏯 혼혈(다른 종족 간의 자식)과 하이브리드(다른 종족의 두 영혼이 합쳐진 생물)

🏯 바르함, 보카리, 피르닙, 라무 또는 파스케 같은 포유류

🏯 움직이는 산맥과 물길을 바꾸는 강

🏯 혼혈 바루가 사는 섬

# 릴리펏과 블레푸스쿠
《걸리버 여행기》, 조너선 스위프트, 1726

모험보다 휴식을 더 좋아하나요? 그렇다면 가야 할 곳은 릴리펏이에요. 릴리펏은 반디멘스랜드 인근 인도양 남쪽에 있는 19제곱킬로미터 크기의 작은 섬이에요. 이 나라는 낙원 같은 해변과 제일 큰 나무가 2미터 남짓한 울창한 숲이 있는 섬인데, 아주 강력한 권력을 가진 국왕 '골바스토 모마렌 에블라메 구르딜로 쉐핀 물리 울리 구에'가 다스리고 있어요. 공포와 기쁨이 공존하는 그런 세상이지요. 이곳에 사는 주민들은 크기가 작아요. 사람 키의 12분의 1 정도인 약 15센티미터인데, 그들이 사는 환경도 그 작은 키에 맞춰져 있어요. 말은 10센티미터 정도 된답니다. 릴리펏 주민들은 이 비옥한 왕국에서 행복하게 살고 있어요. 이 소인국 인구 중 약 50만 명은 정신없이 떠들썩한 수도 밀덴도에 사는데, 이곳은 대략 높이 1미터에 너비 28센티미터인 두꺼운 장벽으로 둘러싸여 있답니다.

이 나라는 두 개의 서로 다른 당파, 즉 굽 높은 구두를 신는 '트라멕산'파와 굽 낮은 구두를 신는 '슬라멕산'파로 나뉘어 있어요. 이념적 차이가 있기는 하지만 두 당파의 공동의 적은 '블레푸스쿠'섬인데, 삶은 달걀을 어느 쪽으로 깨는 것이 맞는지를 두고 끝없이 논쟁을 벌이고 있답니다. 1만 1,000명이 넘는 강직한 릴리펏인들은 달걀을 좁은 쪽 끝부분에서 깨트리느니 차라리 죽겠다고 했지요. 몇몇 과격한 배신자들은 반역을 일으켰다가 추방당한 후에 블레푸스쿠로 망명했어요.

릴리펏과
블레푸스쿠

## 가는 방법

이 파라다이스 섬은 찾기가 쉽지 않아요. 1699년에 유럽인이 발견한 뒤 이 섬 지도자들은 관광객이 먹어 대는 어마어마한 음식의 양이 경제에 미칠 악영향을 우려해 이 섬의 정확한 위치를 숨겼답니다. 그래도 꼭 릴리펏에 가고자 한다면 반디멘스랜드 북서쪽으로 가는 배를 타세요. 남위 30도 2분 근처에서 보트를 타고 14킬로미터를 노 저어 가다가 성난 파도에 30분쯤 몸을 맡겨 보세요. 그런 다음 단단한 땅에 닿을 때까지 바람과 물결에 휩쓸려 가는 거예요. 구명조끼를 꼭 입기를 추천합니다. 릴리펏을 탐험하려면 신분이 높은 사람 앞에서는 경의를 표해야 해요. 하지만 그는 독일어뿐 아니라 라틴어, 프랑스어, 스페인어, 이탈리아어, 프랑크족의 언어도 알아듣지 못해요.

❧ ❧ ❧

국왕이 섬에 머무르는 것을 허락해 준다면 수도에 있는
벨파보락 궁전에 가 볼 수 있어요. 물론 동물이나 주민들을 밟지 않고 가야 해요!
가는 길에 아무것도 먹지 마세요. 어쩌면 국왕이 소 여섯 마리와 숫양 40마리
그리고 다른 풍부한 먹을거리를 준비한 연회에
당신을 초대할지도 모르거든요.

## 릴리펏에서 할 일

가끔 작은 전쟁이 벌어지긴 하지만, 그 점만 빼면 릴리펏은 매우 평화로워서 편안한 휴가를 즐기기에 더할 나위 없답니다. 대도시 외곽의 고대 사원은 17세기 후반에 탐험가 '레뮤얼 걸리버'가 다녀간 뒤 몸집이 큰 방문객을 위한 숙소로 개조되었어요. 왕국에서 가장 큰 이 건물에 머무르세요. 문 높이가 1미터가 넘는답니다. 릴리펏인이 쓰는 침대 600개를 붙여 만든 침대에서 몇 시간 동안 자 볼 수도 있어요. 하지만 1만 명쯤 되는 농부가 사다리를 타고 당신 몸에 오르는 게 싫으면 잊지 말고 빗장을 잘 걸어 잠그세요. 먹을 것을 어떻게 구해야 하나 걱정하지 마세요. 이 작은 존재 1,728명이 먹을 수 있는 만큼의 충분한 음식을 아침마다 받을 수 있거든요. 이렇게 성대한 식사를 마친 뒤에도 여전히 배가 고프면 당신에게 배정된 300명의 요리사 중 한 명에게 말하기만 하면 되니 걱정 없어요. 해변에서 편히 쉬면서 바다를 즐기는 것을 두려워하지 마세요. 깊이가 1.8미터밖에 안 되거든요. 오락거리가 필요하면 수도로 가서, 고위직에 자리가 생기면 후보자들이 줄을 타는 행사를 구경하는 재미에 빠져 보세요.

그런데 치명적인 사고를 목격할 수도 있으니, 국왕과 총리만 가느다란 막대를 잡을 수 있는 림보로 기분을 전환하는 편이 더 좋을지도 몰라요. 이 모험을 영적 휴식으로 바꾸려면 성경 《브룬드레칼》에 나오는 위대한 선지자 루스트로그의 달걀 깨는 법을 배우기 위해 어느 교회든 가세요.

❦ ❦ ❦

마지막으로, 당신이 릴리펏과 동맹을 맺어 블레푸스쿠와 맞선다면

(길이 2미터가 넘는 적의 거대한 전함을 끌고 와야 할 수도 있어요.)

이 왕국에서는 당신을 왕처럼 대접해 150만 개가 넘는 금화와

200명의 재단사와 600명의 하인을 보내 줄 거예요.

## 릴리펏인에 관한 궁금증

❦ 릴리펏인은 종이의 한 모서리에서 다른 모서리로 비스듬히 글을 써요.

❦ 릴리펏에서는 죽은 자의 얼굴이 아래로 향하게 해서 묻어요. 1만 1,000개월이 지나면 죽은 자들은 위가 아래로 보이는 거꾸로 뒤집힌 행성에서 부활하거든요. 그래서 엎드린 자세로 묻어야 살아났을 때 현기증이 덜 하답니다.

❦ 어린이는 강습회를 통해 교육받으며, 부모는 1년에 두 번 한 시간 동안 자녀를 만날 수 있어요. 도착했을 때와 떠날 때만 아이에게 뽀뽀할 수 있고 속삭이거나 껴안기, 선물과 장난감, 사탕 따위를 주는 것을 엄격하게 금지하고 있답니다.

❦ 릴리펏인은 매우 신중하고 잔인하면서도 공정해요. 고소당한 이가 재판에서 무죄를 입증하면 고소한 사람은 사형을 당해요. 그뿐 아니라 고소한 이는 국가를 속이면서 버린 시간과 고소당한 이가 재판 때문에 입은 손해의 네 배를 배상해야 한답니다.

# 어스시

《어스시의 마법사》, 어슐러 르 귄, 1968

✳ ✳ ✳

유령, 마법사와 용 그리고 무시무시한 넋이 갇혀 있는 탑의 주춧돌에 맞서 싸울 용기가 있나요? 그렇다면 어스시로 가는 배를 타세요. 태초에 세고이라는 창조주가 100개가 넘는 섬으로 이루어진 군도 어스시를 만들었어요. 세고이는 먼 옛날 용과 인간이 하나의 종족이었을 때 섬들의 진정한 이름을 불러 이 많은 섬을 바다에서 끌어 올렸답니다.(이 전지전능한 조물주의 위대한 업적은 '에아의 창조'라는 유명한 노래로 전해지고 있어요.) 어스시는 기술적인 면에서 철기 시대에 속하다 보니 방문객은 마을 사람들이 사용하는 나무나 청동 무기, 낙후한 작은 배를 보고 안전하다고 생각해요. 그러나 이곳에서는 절대 안심하면 안 된답니다! 가장 먼 마을에마저도 강력한 마술사들과 어둠의 주문으로 만든 무서운 그림자가 살고 있거든요. 하드 언어를 사용하지 않는 유명한 해적 마을 카르그섬을 제외하고는 군도 전역에서 마술이 행해진답니다.

많은 관광객이 군도에서 가장 큰 섬인 해브너를 여행하지만, 마법사 학교가 인기를 끌면서 홍합으로 유명한 작은 로크섬에 가는 사람도 많아졌어요. 특히 거리에 뾰족한 집이 많은 스월 마을로 말이죠. 어스시에는 용 말고도 털이 길고 눈이 큰 포유류 오탁이 살고 있는데, 소리를 낼 줄 모르고 붙임성이 없어요. 그리고 손바닥보다 작은 초미니 용은 밀가루 과자를 아주 좋아해요.(물론 새알과 벌레, 말벌도 좋아하지만요.)

## 로크의 마법사 학교

혹시 마법은 공부하고 싶은데 호그와트에서 입학을 허가해 주지 않았나요? 그러면 이제 남쪽으로 갈 때입니다! 그곳에 로크 학교가 자리 잡은 작은 섬이 있을 거예요. 회색 망토를 입은 선생님 여덟 분이 마법을 가르쳐 준답니다. 각각 풍향사, 기예사, 약초사, 찬미사, 변화사, 소환사, 명명사, 조형사예요. 마법 학교로 들어오는 것과 떠나는 것을 맡은 아홉 번째 선생님인 수문사가 문을 열어 줄 수 있도록 당신의 천부적인 마법 재능을 충분히 보여 주세요. 세계 곳곳에서 온 청년들에게 수업료와 숙박비는 무료랍니다.

혹시 여성인가요? 그렇다면 아주 운이 좋군요! 대현자 할켈이 오랜 세월 동안 여성이 이 현자의 섬에서 공부하는 것을 금해 왔는데, 지금은 여성과 남성 다 같이 마법을 배울 수 있거든요.

다음 사항을 참고하세요. 일단 당신의 마법 재능을 보여 주고 나면, 바다가 내려다보이는 곳에 위치한 회색 돌로 만든 탑에서 거의 떠날 수 없어요. 아마 그곳에서 엄청난 시간 동안 마법을 갈고닦으며 보내야 할 거예요.(외딴 탑에서 마법 주문을 배우느라 몇 주 동안 은둔 생활을 해야 할 겁니다.) 그렇지만 절망적인 일만은 아니에요. 학교에는 아름다운 분수대와 정원, 마법 치료실이 있고 기숙사에서는 각자에게 방을 하나씩 주거든요. 비록 가구라고는 짚으로 만든 요가 전부지만요.

그곳에 머무르는 동안 되도록이면 졸업생 방문 연회에도 가 보세요. 지식과 마법에 관한 책이 가득한 서재도 꼭 둘러보고요. 항구에서 열리는 배 경주와 숲속 숨바꼭질 같은 여흥도 즐겨 보세요.

**＊＊＊**

**만약 우등생이 된다면, 아무나 들어갈 수 없는 '내재의 숲'에 가 볼 수 있어요.**
**그곳은 어스시와 초자연적으로 연결되어 있는데, 군도의 모든 비밀을 이야기해 준답니다.**
**들어갈 수 없는 사람보다 훨씬 넓은 세계를 맛볼 수 있을 거예요.**

## 어스시 여행

세상을 알고 싶으면 어스시의 마법 세계를 탐험해 보세요. 북쪽에 있는 유명한 마법 섬 곤트에 가 보세요. 마술사와 마녀 들이 두 팔 벌려 환영해 주겠지만 공포스러웠던 바다 이야기는 하지 마시고요. 곤트는 바다가 내려다보이는 절벽으로 둘러싸인 80킬로미터 길이의 섬인데, 주민들이 배를 타거나 바닷물에 손을 담그지 않는 게 몹시 이상해 보여요. 그리고 평화로운 곳이지만 하얀 얼굴에 금발 머리를 한 잔인한 전사 카르그인이 동쪽에서 와 소지품을 약탈할 수 있으니 조심해서 다녀야 해요.

당신이 아주 위험한 모험을 좋아하는 사람이면 군도 서쪽 경계 지역에 사는 용에 대해서 궁금해할 수 있어요. 그렇지만 용이 지키고 있는 금은 탐내지 마세요. 그리고 결코 용을 쳐다봐서도 안 돼요. 속임수와 눈속임, 마법으로 당신을 유혹할 거예요.

✳✳✳

물론 당신의 명석한 두뇌로 용을 감동시키면

당신이 여행하는 내내 용이 도와줄 거예요.

어디 그뿐인가요? 작별 선물로 귀한 돌을 줄 수도 있어요.

## 알고 있나요?

✱ 이 소설은 30년 뒤에 출간된 《해리 포터》와 비슷한 점이 아주 많답니다. 해리 포터처럼 《어스시의 마법사》의 주인공도 십 대 마법사이고 적과 싸우면서 생긴 흉터가 있어요.

✱ 어슐러 르 귄은 마법 학교 창시자 가운데 한 명으로 알려져 있어요.

✱ 먼저 출간된 네 권의 책은 일본 도쿄에 있는 유명한 애니메이션 스튜디오 '지브리'에서 영화 '게드 전기'(2006)로 만들었어요. 그런데 작가는 영화가 실망스럽다고 밝혔답니다.

✱ 《어스시의 마법사》는 작품성과 독창성 면에서 《이상한 나라의 앨리스》와 같은 수준이라고 인정받아 저명한 루이스 캐럴 셸프상(1958~1979)을 받았어요.

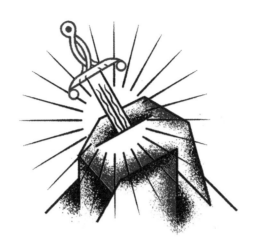

# 카멜롯
《아서왕과 원탁의 기사》, 로저 랜슬린 그린, 1953

역사에 관심이 있고 고대 전설을 따라 탐험하는 것을 꿈꾸어 왔나요? 그러면 유명한 아서 왕국의 성이자 수도 역할을 하는 요새 카멜롯으로 순간 이동 할 기회를 놓치지 마세요. 아서는 우서 펜드래건의 아들로, 혼란스러운 정국에 아내를 만난 고대 브리타니아 제국의 왕이에요. 아서는 콘월 지역에 있는 틴타겔성에서 잉태되었고 태어난 뒤에는 유명한 마법사 멀린에게 맡겨졌어요. 멀린은 아기를 신비의 땅 '아발론'으로 데려갔지요. 요정과 정령 들이 아서를 받기 전에 강력한 주문을 걸어 놓은 곳이랍니다.

브리타니아 사람들과 색슨족 사이에 몇 년 동안 벌어진 피비린내 나는 싸움과 불행이 끝난 뒤, 멀린은 노스웨일스에 있는 외딴 계곡을 나와 런던으로 갔어요. 그리고 검이 박힌 바위가 있는 성당 안뜰에 나타났지요. 마법사는 누구든 칼을 뽑는 사람은 '로에그리아'(현재 영국)의 왕이 되리라고 선포했어요.

그 칼을 뽑아 왕이 된 젊은 아서는 강 옆으로 평원이 펼쳐지고 숲으로 둘러싸인 장엄한 도시 카멜롯에 정착했답니다. 마법사 멀린은 성의 대회당 안에 커다란 원탁을 만들었고, 용감한 기사들은 오순절마다 원탁에 둘러앉아 자신이 겪은 모험을 이야기했어요.

## 카멜롯에 정착하기

카멜롯으로 가기 전에 영국에서 가장 위대한 기사들이 색슨족과 변덕스러운 왕들에게 맞서 치열한 전투를 벌이다 전사했다는 사실을 기억하세요. 하지만 당신이 용감한 기사로 태어났고 검을 다루는 기술을 충분히 익혔다면 로에그리아 왕국에서 환영받을 거예요. 아서왕이 나라를 세운 후에 당신이 그곳에 도착한다면 왕과 함께 아발론의 요정이 만든 검 엑스칼리버를 찾게 될 거예요. 도시를 떠나 숲으로 들어가세요. 어두운 산으로 둘러싸인 좁은 계곡에 다다를 때까지요. 바위 사이로 난 좁은 통로는 적막한 산 가운데 이어져 있어요. 그곳에서 수많은 꽃으로 둘러싸인 에메랄드빛 호수를 발견할 수 있답니다. 요정 궁전의 호수 너머에는 캄란 평야와 연못 그리고 신비한 안개로 둘러싸인 아름다운 아발론이 있어요.(캄란 평야는 아서왕이 사악한 기사에게 맞서 싸우다 비극적인 죽음을 맞는 곳이에요.) 하지만 지금은 주변을 탐험할 때가 아니에요! '호수의 여인'의 배에 올라 호수에서 보석과 금으로 장식된 엑스칼리버를 가져와야 해요. 칼집도 꼭 가져오고요! 갖고 있으면 전투에서 다치지 않게 해 주거든요.

무장하고 카멜롯으로 돌아가 150명의 기사가 자리한 마법의 원탁에 같이 앉으세요. 탁자가 둥글어서 누구 신분이 더 높고 낮은지 판단할 수 없어요. 의자마다 금으로 기사 이름을 써 놓았기 때문에 자기 자리를 쉽게 찾을 수 있어요. 그런데 조심해야 할 것이 있답니다. 위험한 의자에 멈춰 서서는 안 돼요. 앉으면 죽을 수도 있거든요.

멀린이 모든 용감한 기사들에게 기사도를 지킬 것을 요구하고 난 다음 그가 영원히 갇히게 될 장소까지 그와 함께 갈 수 있어요. 멀린이 사랑하는 요정 니무에가 이 위대한 마법사의 힘을 두려워해 그를 가두려고 동굴에 주문을 걸었거든요. 그 옆에 있는 숲으로 들어가 반왕이 다스리는 노스웨일스의 귀네드로 가세요. 이국적인 노래와 마법의 하프 선율 사이로 아름다운 꽃에 뒤덮인 하얀 산사나무를 찾을 때까지 언덕 사이로 깊숙이 들어가세요.

**♙♙♙**

여인이 아홉 개의 마법진을 나무에 엮고 나면
지구 내부로 통하는 문이 열리는데, 이 불행한 마법사는 그곳으로 내려가야 해요.
그와 함께 가려고 하지 마세요!
멀린은 큰 돌판에 누운 채로 홀로 있어야 하거든요.

## 로에그리아 탐험

브리타니아 전역에서 수천 가지 모험이 당신을 기다리고 있어요. 피에 굶주린 괴물과 변덕스러운 요정 그리고 사악한 사람들과 맞서야 해요. 몽생미셸에 살면서 무방비 상태의 여행자를 납치하는 거인이라든가 마법의 망토로 자기 적들을 불태워 죽이려 하는 마녀 모르가나 그리고 검은 마법을 사용해서 몸을 숨기는 악당 가를론 같은 이들 말이에요. 하지만 아서 왕국에 전투만 있는 건 아니에요. 카멜롯과 우스크강 근처에 있는 케얼리언성에서는 음유 시인들이 노래하는 성대한 연회와 큰 경기가 열리거든요.

성배를 찾고 싶으면 실수투성이 기사와 함께 말에 오르지 마세요. 많은 사람이 성배를 찾다가 죽을 거예요. 카르보네크 왕국을 둘러싼 죽은 나무들의 숲을 여행하는 퍼시벌과 보르스, 갈라하드 경들과 함께 가세요. 이 어두운 숲에서 나와 벽에 금이 간 오래된 성을 발견할 때까지 여러 언덕을 지나가세요. 시간이 되면 그 안에서 유령 행렬이 나타나요. 피 흘리는 창과 은 분수, 촛대를 든 신비한 세 여인이 있고 하얀 비단으로 덮인 성배를 든 젊은 여인이 그 뒤를 따르고 있어요.

♜♜♜

당신이 신성한 포도주를 마시기로 선택된 기사라면
당신은 그 지역에 빛을 밝힐 거예요.
그러나 그 대가로 곧 죽게 됩니다.

## 기사도를 지키는 법

♜ 분노나 살인 또는 잔인한 행동을 하지 마세요.

♜ 배신하지 마세요.

♜ 동정심을 품고 관대하세요.

♜ 약자를 보호하고 도와주세요.

♜ 절대 사랑이나 돈 때문에 싸우지 말고 정의를 위해 싸우세요.

# 소행성 B612
《어린 왕자》, 앙투안 드 생텍쥐페리, 1943

🌷🌷🌷

지구 지름의 절반 정도 크기인 화성이 아늑한 곳처럼 보이나요? 다음 휴가는 소행성으로 가 보면 어떨까요? 1909년에 티키의 천문학자가 겨우 집보다 조금 더 클 뿐인 소행성 B612를 발견했는데, 그는 이 별을 딱 한 번만 볼 수 있었답니다. 같은 해에 국제 천문 학회에서 새로운 소행성을 발견했다고 발표했지만 그의 유별난 옷차림 탓에 1920년까지 아무도 그 말을 진지하게 믿지 않았어요. 그가 우아한 옷차림을 하고 회의에 나타날 때까지 말이죠.

이 작은 천체에는 머리카락이 황금빛인 어린 왕자가 살고 있었어요. 어린 왕자는 과대망상증이 있는 장미와 살았답니다. (1937년쯤에는 아주 작은 양 한 마리도 데려왔을 수 있어요.)

네 개의 가시가 있는 이 허영심 많은 꽃 외에 소행성 B612에는 세 개의 화산이 있는데, 그중 두 개는 활화산으로, 아침 식사를 데우는 데 아주 유용하지요. 나머지 하나는 활동을 하지 않는 휴화산이랍니다.

성당처럼 거대한 바오바브나무 씨앗이 이 작은 별의 토양에 뿌려지면 어린 왕자는 바오바브나무 싹을 규칙적으로 뽑아 줍니다. 그대로 내버려 두면 그 뿌리가 자라서 어린 왕자의 작은 행성을 뚫어 조각내 버릴 수도 있거든요. 이 행성은 하도 작아서 어린 왕자가 의자를 옮겨 가면 해가 지는 광경을 계속 볼 수 있어요. (하루에 마흔네 번을 본 적도 있어요.)

소행성
B612

## 어린 왕자가 사는 소행성에 가는 방법과 그곳에서 해야 할 일

비행기 조종사인 앙투안 드 생텍쥐페리가 1943년에 사막에서 겪은 모험을 기록한 책을 펴낸 이후, 소행성 B612로 여행하고자 하는 사람이 많아졌어요. 하지만 그곳은 여행객 한 명이 겨우 들어갈 크기라 벌써 세기말까지 예약이 꽉 찼답니다. 뇌물을 주고서라도 얼른 가고 싶은 사람은 사하라 사막 가운데 낯선 샘물 옆에 있는 돌담을 찾으세요. 보통 사막에 있는 샘물은 모래에 파 놓은 구멍처럼 생겼는데, 이 샘물은 마을에서 볼 수 있는 우물과 비슷해요. 별이 머리 위에 오르면 30초 안에 먹이를 마비시키는 독이 있는 노란 뱀이 당신을 물게 하세요. 새벽이 되기 전에 당신의 몸은 그 작은 행성으로 옮겨질 거예요.

어린 왕자를 위한 선물은 꼭 챙겨 가세요.(어린 왕자가 두르고 있는 황금빛 스카프를 바꿔야 할지도 모르거든요.) 바오바브나무가 보이면 부지런히 없애면서 어린 왕자의 환대에 보답해 주세요. 풀밭에서 자라는, 꽃잎이 하나뿐인 소박한 꽃들은 뽑지 마세요. 그 꽃들은 공간을 조금만 차지할뿐더러 매일 밤이면 사라지거든요. 또 두 개의 활화산이 매끄럽고 규칙적으로 타오를 수 있게 청소하고 휴화산도 정리해 주세요.(분화구가 작아서 무릎에도 닿지 않을 거예요.) 잘난 척하는 장미에 붙어 있는 애벌레를 잡아 주되, 나비가 될 두세 마리 정도는 남겨 놓으세요. 장미를 잘 손질하고 나서 바람이 불면 가리개로 장미를 잘 보호해 주시고요. 거기에 아주 어린 양이 있으면 장미에 유리 덮개를 씌워 주세요.(아마 지금쯤은 젊은 양이 되어 있을 거예요.) 마지막으로 생텍쥐페리가 어린 왕자를 위해 그려 준 상자와 양의 입마개가 완벽한 상태인지 확인하세요.

어린 왕자가 사는 이 작은 소행성을 여행하는 데는 몇 초밖에 걸리지 않으니 근처에 있는 소행성 325, 326, 327, 328, 329, 330호 주변도 둘러보세요. 첫 번째 별에는 왕이 한 명 있는데 담비 가죽으로 만든 웅장한 망토를 걸치고 장엄한 왕좌에 앉아 있어요. 그 왕은 신하를 찾고 있는 전제 군주이니 그냥 당신이 가던 길을 계속 가는 편이 나을 거예요. 두 번째 별에는 늘 칭찬받기를 원하는 허영심 가득한 사람이 있고, 세 번째 별에는 당신을 우울하게 만드는 주정뱅이가 있으니 그곳에서 너무 많은 시간을 낭비하지 않도록 하세요.

🌻🌻🌻

네 번째 소행성에는 관절염을 앓는 사업가가 있는데, 많은 일로
늘 스트레스를 받으며 살아요. 그 사람은 끊임없이 별을 세고 있는데
옆에서 방해하는 여행자가 있으면 아주 싫어한답니다.

다섯 번째 별에 사는 가로등 켜는 사람은 귀찮게 하지 마세요. 등을 켜고 끄는 일로
스트레스가 정말 많거든요. 책에 관심이 있다면 어린 왕자의 B612 소행성보다
열 배나 큰 여섯 번째 별에 사는 나이 지긋한 노인께는 꼭 인사드리세요.

## 어린 왕자를 만나는 다른 방법

어린 왕자를 만날 때까지 기다리기가 너무 힘들다면 어린 왕자가 가끔 사하라 사막을 가로지르고
있다는 것을 기억하세요. 그곳에서 어린 왕자를 만나면 수천 개쯤 되는 질문에 대답해 줘야 하고, 당
신이 몰랐던 당신이 사는 별에 관한 놀라운 정보도 듣게 된답니다. 지구에는 111명의 왕과 7,000명의
지리학자, 90만 명의 사업가, 750만 명의 술 취한 사람, 3억 1,100만 명의 허영심 가득한 사람을 합쳐
서 약 20억 명의 사람이 살고 있다는 사실을 당신은 몰랐을 거예요.

🌺 🌺 🌺

여행을 하면서 꽃잎이 세 개인 꽃, 경비원, 갈증을 풀기 위해
특별한 약을 파는 상인과 손가락처럼 가느다란 뱀과 철학적인 여우처럼
다채로운 다른 캐릭터들을 만나 보세요.

## 알고 있나요?

🌸 앙투안 드 생텍쥐페리는 비행기 조종사였는데 1935
년 12월에 사하라 사막에서 추락했어요. 《어린 왕자》 이
야기를 이끌어 가는 화자처럼요.

🌸 생텍쥐페리는 1944년에 비행기 사고로 행방불명됐
는데, 그 잔해는 2000년까지도 발견되지 않았죠.

🌸 바오바브는 나치즘을 상징하고, 장미는 예술적 영감
을 불어넣어 준 아내 콘수엘로를 가리키는 것으로 추측
하고 있어요.

🌸 《어린 왕자》의 화자는 작가가 그린 삽화에는 나타나
지 않지만 보존된 스케치에는 있답니다.

# 잉거리

**《하울의 움직이는 성》, 다이애나 윈 존스, 1986**

✳ ✳ ✳

환상의 세계로 여행을 떠나고 싶은 열정이 있나요? 지금까지 전사인 곰 등에 올라타 보기도 하고, 품격 있는 해적들과 싸우거나 지구 중심으로 향하는 모험도 했을 거예요. 그렇지만 움직이는 낡은 성에는 아직 안 가 봤죠? 마법사 하울이 사는 움직이는 요새로 잉거리 왕국을 여행할 수 있어요. 잉거리는 상상할 수 있는 온갖 환상적인 물건이 가득 찬 곳이면서, 한편으로는 항상 운수가 좋지 못한 세 자매의 맏이가 사는 곳이기도 합니다.

검고 길쭉한 이 성은 폴딩밸리에서 처음 발견됐어요. 북쪽에 있는 어퍼폴딩과 남쪽에 있는 마켓치핑이라는 두 이웃 도시 사이의 언덕을 돌아다니고 있었어요. 중산층은 평야 말고도 해안가에 있는 도시에 거주하는데, 이곳 늪지대는 별똥별을 잡기에 아주 좋은 곳이랍니다.

이름과 성을 알 수 없는 잉거리 왕은 킹스베리에 살아요. 요정의 나라이며 부유한 이 도시에는 금으로 집 꾸미는 것을 좋아하는 우아한 백성들이 있답니다. 그런데도 이 멋진 세상은 평화롭지 못해요. 마귀와 함께 사는 사악한 마녀가 왕국 남서쪽 모퉁이의 황야에서 다른 모든 지역을 공포에 떨게 만들었거든요.

## 움직이는 성에 몸을 맡겨 보세요

마법의 세계 잉거리 왕국으로 들어가는 문은 비가 많이 오는 영국 웨일스 지방에 있어요. 큰 창문이 있는 리븐델이라는 노란 벽돌집에 하울 젱킨스 펜드래건이라는 마법사가 사는데, 이웃들은 하울을 두고 몹쓸 바람둥이라고 수군거렸지요. 하지만 사람들은 이 네모난 이상한 집의 대문 중 하나를 통하면 움직이는 성으로 들어가서 좋은 왕과 나쁜 마녀가 다스리는 환상의 나라로 갈 수 있다는 사실을 몰라요.

잉거리를 여행하려면 우리가 사는 현실 세계에서는 하웰 젱킨스라고 불리는 이 영국 청년을 설득해 그 어두운 성에 머물러야 해요.(그가 정리 정돈에 강박 관념이 있는 청소부를 구할 수도 있으니 기회를 잘 잡아 보세요.) 하울을 설득해서 겉이 매력적인 이 성으로 들어가면 엉망진창인 내부를 보고 아마 크게 실망할 거예요. 쓰러질 듯한 거실에는 양파와 허브 묶음이 여기저기 널려 있고 대들보에는 이상한 뿌리들이 매달려 있어요. 또 웃고 있는 사람 두개골과 함께 가죽 덮개로 싸인 책들과 구부러진 병들이 거실 전체에 흩어져 있고, 벽난로에는 타닥타닥 타는 장작 사이로 보라색 입이 속삭이듯 말을 하고 있을 거예요. 그렇지만 무서워할 필요는 없어요. 하울과 계약을 맺은 심술쟁이 불의 마귀 캘시퍼인데, 통나무를 먹어야 살아남을 수 있거든요. 마지막으로 위층에는 방 두 개가 있는데 마법사 방에만 리븐델이 내려다보이는 창문이 있어요.

이 성에는 문이 네 개 있는데 그중 세 개는 세면실과 빗자루 방, 늘 비가 내리는 항구 도시 포트헤이븐 정원으로 나 있지요. 남은 문 하나는 손잡이를 돌려서 웨일스, 킹스베리, 마켓치핑으로 갈 수 있어요. 심지어 사악한 마녀가 사는 무서운 황야로도 갈 수 있답니다.

❋ ❋ ❋

이 이상한 성에서 밖으로 나와 보면 외관이 아주 흉하고
으스스하게 느껴질 거예요. 석탄 모양처럼 다양하게 생긴
큰 블록으로 만들어졌는데, 이 덩어리가 흔들리면 탑에서는
더러운 회색 연기가 뿜어져 나온답니다.

## 잉거리 탐험하기

이 환상 여행 코스에는 잉거리 관광도 들어 있어요. 허수아비가 말을 하고 옷들에 마술이 걸려 있지요. 사악한 마녀가 연인들을 개로 바꿔 버리기도 해요. 7리그 장화를 신으면 한 번 걸을 때마다 800미터를 갈 수 있고, 벨벳 망토를 살포시 걸치면 이웃들도 몰라볼 노인으로 변할 수 있답니다. 초록 머리 인어, 고양이와 바다사자를 반씩 섞어 놓은 검은 괴물을 살짝 엿보고 싶다면 포트헤이븐 성벽으로 가 보세요.

지금은 양파 냄새 나는 야자 열매를 파는 꽃집으로 바뀌었지만, 매혹적인 모자로 유명했던 마켓치핑 마을을 거닐어 보세요. 아주 번성한 곳이랍니다. 화려한 킹스베리 왕궁으로 가서 왕을 만나 볼 수도 있겠지만, 왕은 하이노얼랜드와 스트레인지아와 하게 될 전쟁이 임박해 근심 걱정으로 가득 차 있어요.

※ ※ ※

마지막으로, 당신이 무모한 모험가라면 황야에 가 보세요.

그곳 주변에 왕의 마법사들이 마녀를 내쫓으려고 꽃밭을 가꾸었거든요.

남동쪽으로 불타는 듯한 사막은 마녀가 지배하는 곳이에요.

노란 모래로 만든 화분 수천 개로 쌓아 올린 성곽 안에 있어요.

---

## 알고 있나요?

※ 리븐델이라는 집 이름은 《반지의 제왕》에 등장하는 요정 도시 이름에서 가져왔어요.

※ 마술사의 별명 중 하나인 펜드래건은 아서왕의 성(姓)에서 나왔답니다.

※ '황야의 마녀'는 영어로 the Witch of the Waste인데 암묵적으로 《오즈의 마법사》에 나오는 서쪽 마녀를 가리킵니다.

※ 2004년에 일본의 미야자키 하야오 감독이 만든 영화에서는 성이 움직일 뿐 아니라 날아다니기까지 한답니다.

# 카프리콘의 마을
《잉크하트》, 코넬리아 푼케, 2003
✝✝✝

　혹시 좋아하는 소설 속 주인공들이 살아나는 꿈을 꾸고 있다면 이제 그만 멈추세요! 문학 속의 인물들이 현실 세계에 나타나는 바람에 역사상 가장 큰 외교 문제가 생겼거든요. 하지만 이 이야기의 폭군들과 맞서 싸울 의지가 있다면 이탈리아로 가서 '카프리콘'과 그 부하들을 물리치세요.

　《잉크하트》7장에서 빠져나온 이 도적들은 고음을 내는 요정과 다리가 구부러진 도깨비들이 이야기 속에 득실거린다고 불평하며 도로 들어가기를 단호하게 거부하고 있어요. 잔혹한 카프리콘이 이끄는 환상 세계에서 온 악당들은 여름을 보내려고 북쪽으로 이동하지만, 실은 남쪽 은신처를 더 안전하다고 생각해요. 경찰들도 뭐라고 하지 않으니까 자기들 마음대로 할 수 있거든요. 그래서 이탈리아 남부 지역은 정말 용감하고 정의로운 사람들이 여행해야 하는 곳이에요. 해안 근처에 가면 지도에 나타나지 않는 유령처럼 버려진 마을이 있는데, 여기가 바로 카프리콘의 마을이랍니다. 반세기 전에 지진으로 파괴되어 절반이나 없어진 이 마을에는 악마 같은 갱단뿐 아니라 힘든 집안일을 하는 여자 노예도 여럿 있어요.

## 카프리콘의 마을에 가는 방법

가는 곳마다 공포 분위기 조성을 즐기는 범죄자들을 처단할 때가 왔어요. 그들은 우편함에, 문지방에 공포를 밀어 넣고 심지어는 벽에 그림을 그려 사람들을 떨게 만든답니다. 모험을 떠나기 전에 엘리너 이모 집에서 용감한 친구들을 만나세요. 바로 이야기 속에서 나온 불 마술사 '더스트핑거'와 부드러운 털 밑으로 뿔이 나 있는 반려동물 '그윈'이랍니다. 호수 옆에 있는 엘리너 이모 농장에서 푹 쉬세요. 수백 개의 닫힌 창문과 우뚝 솟은 철문이 위압감을 주지만 집 안은 책으로 가득 차 있어요. 사실 집이 정말 크긴 한데 대부분의 방이 책과 서류로 가득 찬 탓에 당신은 다락방에서 지내야 해요. 하지만 300 킬로미터 떨어진 사악한 카프리콘의 은신처로 가기 전에 며칠만 머무를 거예요.

총천연색 그림 같은 바닷가 마을을 뒤로하고 남쪽으로 가는 여행을 시작하세요. 목적지에 가려면 가파른 오르막길과 산비탈을 올라야 해요.

### ✝✝✝
혹시 가다가 길이 끊어졌더라도 멈추지 마세요.
악당들이 탐험가들을 쫓아 버리려고 해 놓은 장치거든요.
언덕 꼭대기에 닿으면 이 저주받은 악당 소굴을 멀찌감치에서 볼 수 있어요.
그곳에 사는 하녀들 눈에도 악령이 씌어 있어요.

## 카프리콘의 마을로 들어가기

당신이 악으로 가득 찬 이 마을에 온 것은 아주 유감이에요. 그러나 지금은 한탄하고 있을 때가 아니에요. 우리는 이 마을 우두머리를 찾아서 되도록 빨리 그의 이야기를 새로운 버전으로 낭송해 줘야 해요. 이 일에 성공하려면 쓰러질 듯한 집들 사이로 은밀히 이동해야 합니다. 그래야 항상 검은 옷을 입는 잔인한 보초들에게 들키지 않거든요. 유일하게 밝은 빛이 있는 광장으로 가면 탑에 녹슨 종이 매달린 교회가 보일 거예요. 골목을 따라 계속 내려가면 괴기스러운 건물과 마주칠 텐데 여기가 바로 악당들이 숨어 있는 곳이랍니다. 잘못 조각된 회색 석조 집들에 견주면 그래도 나은 편이에요. 조용히 거실로 들어가세요! 자기 몸집보다 훨씬 작은 의자에 앉기를 좋아하는 카프리콘이 있나 잘 살펴보고요. 가구가 거의 없고 낡은 은촛대 위의 촛불 하나가 넓은 방을 밝히고 있을 거예요. 카프리콘은 음산한 것을 아주 좋아하거든요. 보기 흉한 그림을 보고 웃고 싶으면 붉은 벽으로 된 지하로 내려가세요.

가운데에는 금테를 두른 카프리콘의 괴상한 초상화가 걸려 있어요.

운이 좋으면 카프리콘을 잡을지도 몰라요. 하지만 교회 근처 지붕이 낮은 감옥에 갇히거나 철제 침대 두 개와 오래된 가구, 가느다란 양초가 하나 있는 카프리콘 저택의 감방에 갇힐 가능성도 있어요. 물론 더 안 좋아질 가능성도 있답니다! 가장 운이 나쁜 사람은 새장에 갇히거나 땅에서 약 5미터 위에 걸려 있는 어망에 매달릴 거예요. 어찌 되었든 잡히더라도 두려움에 떨다 죽지 않으려면 뾰족 탑이 있는 악마의 집으로 끌려가는 것만큼은 피해야 해요. 매우 낡은 이 교회 현관에는 붉은색 눈 몇 개가 그려져 있고 악마 석상 두 개가 있어요. 하지만 이 정도는 약과예요. 교회 안의 벽은 모두 붉은색으로 칠해졌고 한쪽 구석에는 뿔 달린 천사 상이 섬뜩하게 서 있어요. 그러니 이 끔찍한 교회에서 한시바삐 도망칠 기회를 잡아야 해요. 더 피해를 입기 전에 카프리콘이 나오는 새로운 이야기를 읽어 주세요.

✝✝✝

무슨 일이 있어도 다른 이야기를 소리 내서 읽지 마세요.

팅커 벨 같은 캐릭터를 현실로 데려오는 날에는 새로운 혼란에 빠지거든요.

(팅커 벨이 사는 세계가 궁금하다면 20페이지로 돌아가세요.)

## 탐험의 결과

악당을 전부 물리치면 카프리콘의 부하들이 죽인 모든 존재가 다시 나타날 거예요.
그러면 당신은 아래와 같은 이들에게 갈 곳을 알려 줘야 해요.

✝ 말 더듬는 독자

✝ 피부가 파란 요정 마흔세 명

✝ 도깨비 네 명

✝ 열세 명의 크리스털 남자와 여자

# 알려진 세계
《왕좌의 게임》, 조지 R. R. 마틴, 1996

정치적 음모와 야합! 왕조가 맞닥뜨린 위기! 추방당한 공주들! 피에 굶주린 전사들과 귀족들의 권모술수 그리고 수많은 사생아! 혹시 이런 사악한 모습에 끌리나요? 그렇다면 아직 알려지지 않은 세상, 한 계절이 몇십 년 동안 이어지는 환상적인 세계로 여행할 기회를 놓치지 마세요. 전쟁이 난무하는 이곳에는 우뚝 솟은 섬들과 거친 바다에 둘러싸인 웨스테로스와 에소스, 소토리오스라는 세 개의 대륙이 있어요. 소토리오스는 거의 탐험되지 않은 대륙이어서 북쪽 해안 지역만 조금 알려져 있는데, 무시무시한 정글과 유령이 득실대는 폐허로 가득 차 있어요.

북동쪽에 있는 웨스테로스 대륙 대부분은 칠왕국이 차지하고 있는데 놀랍게도 아홉 개 지역으로 나뉘어 있지요. 북부, 리버랜드, 배일, 강철 군도, 웨스터랜드, 국왕령, 스톰랜드, 리치, 도르네가 바로 이 지역들의 이름이에요. 웅장한 요새 같은 이 대륙에는 장벽 너머로 얼음 지대라는 곳이 있어요. 그곳에는 마법에 걸린 숲과 뾰족한 얼음 산맥이 있는데 야인들이 살고 있지요.

웨스테로스 동쪽에서 거친 해협을 건너가면 가장 큰 대륙 에소스가 나와요. 에소스는 자유 도시와 노예 도시, 광활한 도트락 초원과 주변 도시로 이루어져 있어요.

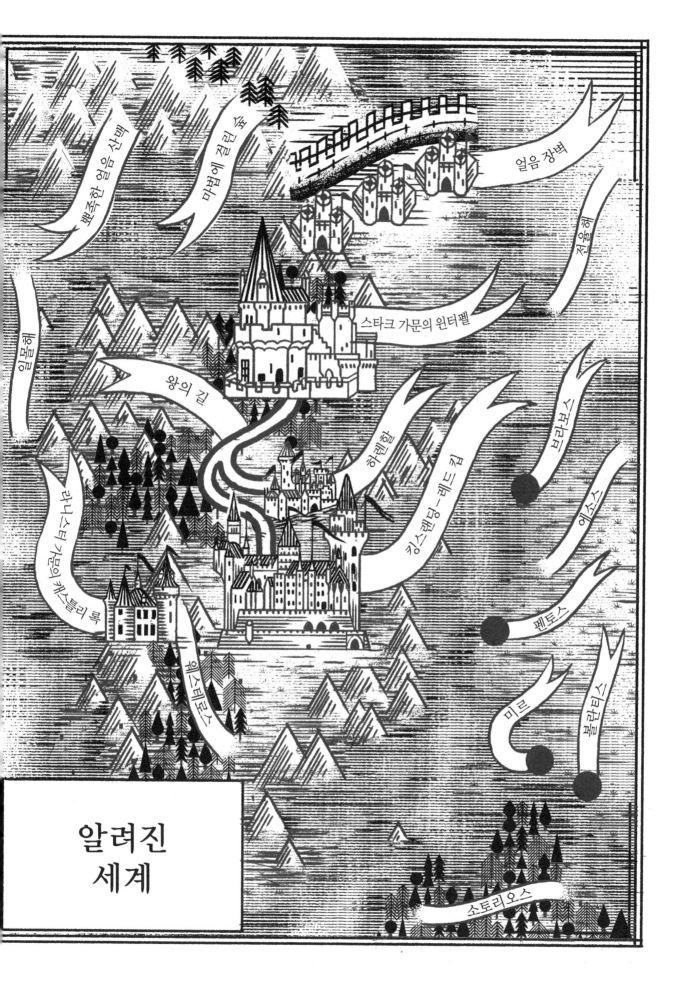

알려진
세계

## 웨스테로스 둘러보기

이제 칠왕국을 탐험하고 싶나요? 칠왕국에 가서 살해당하지 않으려면 정말 조심해야 해요. 일몰해와 전율해 근처의 와이들링이 사는 극지방에는 들어가지 마세요. 바르그와 거인들, 아더들 그리고 8,000년 동안 사라졌던 추위에서 악의 생명체들이 나타났거든요. 아주 먼 옛날부터 내려오는 '나이트워치'라는 조직은 무법자들로 이루어진 경비대인데, 세 개의 성과 200미터가 넘는 거대한 얼음 장벽을 지키면서 문명사회 사람들을 보호하고 있어요.

장벽과 인접한 곳은 칠왕국 중에서 면적이 가장 넓은 북부 지역에 있어요. 추운 겨울 동안 죽지 않으려면 눈 덮인 산이나 사람이 살지 않는 평야에 들어가지 마세요. 북부의 수도 윈터펠은 이 지역 사람들의 중요한 요새이자 스타크 가문 조상들이 정착한 곳이니 여기로 피하는 것이 좋아요. 이 미로 요새는 거인의 도움을 받아 지어졌어요. 수많은 탑과 벽 그리고 울퉁불퉁한 안뜰이 있고 물웅덩이가 감추어진 이중 화강암 벽이 요새를 보호하고 있어요. 혹시 얽히고설킨 복잡한 터널과 납골당 또는 부서진 탑이 마음에 들지 않나요? 그렇다면 국왕령 동쪽 해안에 있는 지저분한 도시이자 칠왕국의 수도인 킹스랜딩으로 가 보세요. 그곳에 가려면 '왕의 길'을 따라가면 돼요.

나무와 진흙으로 만든 오두막집과 매춘업소, 선술집과 시끌벅적한 시장이 있는 직사각형 모양의 이 도시에 50만 명의 주민들이 모여 살고 있어요. 성에는 일곱 개의 성문이 있으니 그중 하나를 통해 견고한 성벽 안으로 들어가세요. 하지만 무슨 일이 있어도 빈민가 '플리바텀'에는 가지 마세요. 아주 가난한 사람들이 쥐 고기나 살해당한 사람의 내장을 팔려고 할 거예요. 칠왕국의 왕궁이자 철왕좌가 있는 레드 킵을 구경하려면 대도시에 있는 세 개의 언덕 중에서 가장 높은 아에곤의 언덕으로 가세요. 일곱 개의 큰 탑과 수많은 방 그리고 네 개 층으로 이루어진 지하 감옥과 은밀한 비밀 통로가 가득해요. 이 위압적인 붉은 벽돌 성에서는 길을 잃지 않게 조심해야 해요. 그리고 반역이나 중범죄를 저지르지 마세요. 어두운 감방에서 삶을 마감하고 싶지 않다면요. 레드 킵을 방문한 뒤에는 블랙워터만으로 내려가세요. 이제 해적이 판치는 것으로 유명한 해협을 건너 에소스로 갈 차례예요.

ᛤᛤᛤ

그렇지만 성들을 더 구경하고 싶으면 웨스테로스에 잠시 머물러 보세요.
이 대륙에만 수백 개의 요새가 있거든요. 칠왕국에서 제일 큰
리버랜드의 하렌할부터 라니스터 가문이 정착한
웨스터랜드의 금으로 가득 찬 캐스틀리 록까지 다양하답니다.

## 에소스 여행하기

동쪽으로 가는 여정에서 무사히 살아남았다면 에소스 대륙 해안에 있는 강력한 자유 도시인 브라보스, 펜토스, 미르, 볼란티스 중 한 군데에 도착했을 거예요. 이곳에서는 꿀과 향신료로 구운 말고기에 발효된 암말 젖을 곁들여 먹어 보세요. 그리고 무엇보다 벨벳과 다마스크로 만든 아름다운 옷을 꼭 손에 넣으세요. 비늘 덮인 용의 알도요! 이 영특한 존재는 부화하는 데 필요한 적정 온도가 될 때까지 1세기 반이 넘도록 껍데기 안에 남아 있을 수 있답니다. 자유 도시 동쪽에는 도트락해(海)가 있는데, 사람 키보다 큰 풀이 무성한 광활한 평원이랍니다.

이 초원에 세워진 유일한 도시 바에스 도트락에서는
말 신을 숭배해요. 멋진 말 조각상에 매료될 거예요.
말을 한 마리 얻어서 야생의 대륙 곳곳을
자유롭게 달려 보세요.

## 알고 있나요?

이 소설에 용만 나오는 건 아니에요. 사자와 도마뱀과 매머드, 크라켄도 나온답니다.

《덩크와 에그 이야기》는 조지 R. R. 마틴이 쓴 단편 소설 시리즈예요. 소설《얼음과 불의 노래》의 외전으로, 본편의 90년 전 이야기를 다룹니다.

저자가 좋아하는 책으로는《반지의 제왕》과《어스시의 마법사》가 있어요.

또한 조지 R. R. 마틴은 아서 코난 도일 경과 아서왕 전설의 팬이기도 하답니다.

# 신베이징

**《신더》, 마리사 마이어, 2012**

당신의 동족을 죽이지 않아도 되는 어느 미래의 디스토피아에 가고 싶나요?(십 대 아이돌 그룹과 목숨 건 싸움에 더 관심이 많으면 104페이지와 76페이지로 가세요.) 4차 세계 대전이 끝난 후 지구는 어떻게 변했을 것 같나요? 미래 버전 신데렐라를 만나는 건 어때요? 더 생각할 필요도 없어요. 신(新)베이징으로 가시죠! 이 대도시에는 괴상한 콘크리트 건물과 유리로 만든 집들 사이에 큰 오피스 빌딩과 쇼핑센터가 빼곡하게 들어서 있어요. 이 숨 막히는 전경 한가운데에 도시에서 가장 웅장한 황궁이 있답니다.

제3시대력 126년에 라이칸 황제가 죽고 카이토 황태자가 황위를 물려받았어요. 신베이징에 사는 인간들은 2등 시민인 사이보그와 안드로이드 사이에서 다소 긴장된 공존 관계를 맺으며 살고 있답니다. 전쟁이 끝난 제3시대력 원년에 지구는 동방연방, 영국, 유럽연방, 아프리카연합, 아메리카 공화국, 오스트레일리아의 여섯 개 나라를 중심으로 지구 연합을 만들었어요. 그리고 이 정신없는 도시 신베이징은 동방연방의 수도랍니다. 달에는 '루나' 왕국이 세워졌는데 이곳 여왕은 자꾸만 지구 연합을 위협해요. 지구에서는 기술이 엄청 발전했어요. 어디서나 통신이 가능하고 공중을 나는 이동 수단 호버가 운행되고 조명등, 칼, 총, 드라이버, 범용 케이블 연결기가 달린 사이보그 손 따위가 만들어졌어요. 하지만 발병하면 죽을 수밖에 없는 '레투모시스'라는 전염병이 돌아 점점 황폐해져 갑니다.

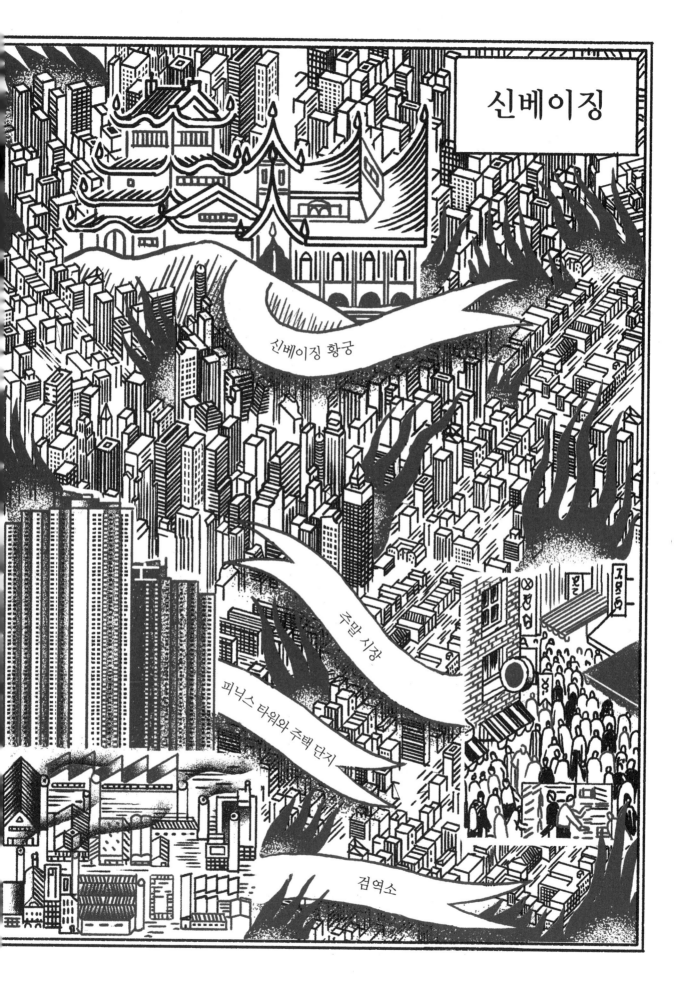

신베이징

신베이징 황궁

주말 시장

피닉스 타워와 주택 단지

검역소

## 신베이징을 방문할 때 주의할 점

악랄한 루나 여왕이 레투모시스를 퍼트렸지만 지구인들은 치료법을 찾지 못했어요. 그래서 이 '푸른 열병'에 걸리면 속수무책으로 죽어 갔어요. 이 병은 제3시대력 114년 5월 아프리카연합에서 처음 발견됐는데, 감염된 사람들은 며칠 안에 사망했어요. 당신이 신베이징에 도착하면 지나가는 사람을 잘 살펴보세요. 혹시 자줏빛 테두리가 진 붉은 반점이 있는 사람이 보이면 당장 구급 호버를 불러야 해요.(포트스크린 옆에 비상 전화 번호가 있으니 꼭 적어 놓으세요.) 환자가 발생하면 사이렌이 울리는데 그 소리가 들리면 바로 대피소로 피하세요. 방독면을 쓴 긴급 복구반이 출동해서 그곳을 모두 태우므로, 화상을 입지 않으려면 멀찌감치 떨어져야 합니다.

◉◉◉

하지만 무슨 일이 있어도 도시에서 약 24킬로미터 떨어진
공업 지구에 자리한 레투모시스 검역소에는 가지 마세요.

## 대도시에서 살아남는 법

신베이징은 낡고 지저분한 도시예요. 길거리에는 쓰레기가 널렸고 골목에는 덩굴 식물과 전선, 빨랫줄이 가로질러 걸려 있어요. 큰 주택 단지는 같은 면적 안에 최대한 많은 사람이 살게 하려고 계속 개조하면서 세대를 아주 작게 분리하고 있어요. 당신이 21세기에서 온 외교관이나 황제의 손님이 아니라면 도시 깊숙이 파묻혀 방치된 피닉스 타워 같은 건물에서 지내야 할 거예요. 각 층이 마치 복도처럼 보이는 미로 같은 곳이지요. 엄청 좁은 공간에 익숙해져야 하고 소음에도 적응해야 해요. 건물 벽마다 설치된 넷스크린에서 나오는 소리는 절대 멈추는 법이 없거든요.(하지만 레투모시스와 관련한 정부 발표나 뉴스를 통해 오염 지역을 피할 수 있어 유용하기도 해요.)

4차 세계 대전 이후 동양풍의 잡다한 물건에 관심이 있거나 600유니브 정도면 살 수 있는 인공 생체 발을 이식하고 싶으면 푸른 유리와 크롬으로 지은 건물이 늘어선 주말 시장으로 가세요. 로봇 상점 주인들과 루나 왕국에서 몰래 들어온 이민자들 사이에 섞여 안드로이드를 고치는 일을 할 수도 있어요. 낡은 통신 장치도 팔 수 있고요. 무도회에 갈 생각이라면 드레스를 만들 비단도 살 수 있답니다. 생체 공학 실리콘 부품을 종아리에 이식하거나 누가 거짓말을 하면 작은 주황색 불빛이 켜지는 최신 기종의 망막 화면으로 바꿀 수도 있지요. 혼잡한 것을 좋아하지 않으면 아주 일찍 가거나 늦게 가는 편이

나아요. 낮 시간 동안 광장은 상인과 손님들이 흥정하는 고함 소리, 아이들 떠드는 소리로 정신이 없거든요.

이곳이 너무 지저분해서 괴롭다면 도시가 내려다보이는 절벽 꼭대기에 자리 잡은 멋진 황궁으로 가 보세요. 햇살에 금빛으로 빛나는 황금 지붕과 화려하고 정교한 박공을 볼 수 있거든요. 궁으로 가서 즐거운 시간을 보내려면 호버를 부르세요. 황궁에 들어가려면 신원 조회를 거쳐야 하니 먼저 암시장에서 ID 칩을 구입해 두고요. 루나 왕국의 레바나 여왕이나 수석 마법사 시빌과는 마주치지 마세요. 생체 전기 에너지를 조작해서 사람들을 조종할 수 있거든요.

◉◉◉

**처형당하고 싶지 않으면 절대 거울을 갖고 다녀서는 안 돼요.**
**거울이 루나인들의 거짓 술수를 그대로 드러내기 때문에**
**루나인들은 자기 모습이 비치는 것을 정말 싫어하거든요.**

## 알고 있나요?

◉ 루나 크로니클 시리즈는 본편 네 권과 외전 한 권으로 구성됐어요. 《신더》는 《신데렐라》에서, 나머지 책은 《빨간 모자》, 《라푼젤》, 《백설공주》에서 각각 영감을 받았다고 합니다.

◉ 마리사 마이어는 캐나다의 웹소설 사이트 '왓패트'에 세 가지 이야기를 추가로 공개했어요. 그 내용은 《인어 공주》에 바탕을 두었답니다.

◉ 작가의 터무니없는 생각이 신데렐라를 사이보그로 바꿨어요. 이 고아 소녀는 무도회에서 신발을 잃어버리는 대신 기계 발을 잃어버릴 수도 있어요.

◉ 오래된 《신데렐라》 이야기 중 하나가 9세기에 아시아 국가에서 만들어졌어요. 그래서 《신더》의 배경이 중국으로 설정되었답니다.

# 샤이어에서 외로운산까지

《호빗》, 존 R. R. 톨킨, 1937

아주 오래전부터 용감한 모험가들은 전설의 성 어딘가에 있는 보물을 찾아나서기를 좋아했어요. 이 보화는 열대 섬에 깊이 파묻혀 있거나 장난기 많은 도깨비들이 지키고 있기도 하죠. 이 흥미진진한 모험에 마음이 끌리고 당신의 운이 어디까지인지 시험해 보고 싶은가요? 그렇다면 탐욕스러운 용 스마우그가 훔쳐 간 보물을 되찾기 위해 그가 살고 있는 '외로운산'으로 떠나는 원정대에 합류하세요. 난쟁이 열세 명과 리더인 참나무방패 소린 그리고 쉰 살이 된 호빗과 함께 떠나는 거예요.

제3시대 2770년에 중간계에서 가장 거대하고 위험한 날개 달린 용 스마우그가 난쟁이들이 살던 풍요로운 대도시 에레보르 왕국으로 와 그들을 쫓아냈어요. 스마우그는 그 산을 점령하는 데 만족하지 않고 에레보르 근처 인간들이 사는 도시 너른골을 공격해 폐허로 만들었어요. 보물을 전부 빼앗으려고 기사들을 쫓아내고 난쟁이들을 다 죽이고 처녀들을 잡아먹었답니다. 마침내 모든 것을 차지하고 170년 동안 온갖 귀금속과 보석 위에 누워서 지냈지요.

그러나 이 용감한 원정대는 안개산맥을 지나 어둠숲을 거쳐 호수마을까지 가야 하는 힘든 여정을 무릅쓰고 난쟁이들이 살던 왕국과 보물을 되찾기 위해 떠나기로 합니다. 이 여정은 쉽지 않아요. 중간계에는 트롤과 고블린, 요정 들이 살고 있거든요.

회색산맥

외로운산

안개산맥

숲속요정

계곡 도시

깊은골

바우바위

긴호수마을

트롤 동굴

어둠숲

샤이어

# 중간계
샤이어에서 외로운산까지

## 호수마을에 가는 방법

이 위험한 여정을 시작하려면 샤이어에 있는 호빗골로 가세요. 평화로운 언덕 근처에 있는 호빗 굴집은 벽은 나무이고 바닥에는 카펫이 깔려 있어 아늑한 곳이에요. 여기에서 모자를 쓴 마법사와 함께하는 용감한 원정대가 임무를 시작하기 위해 당신이 얼른 도착하기만을 기다리고 있어요.

광활하고 아름다운 호빗골을 가로지르면 어두움이 드리운 '외로운땅'으로 들어가게 됩니다. 음산한 기운이 감도는 성 그림자가 나타나고 더는 머무를 곳도 없고 사람들도 볼 수 없죠. 황량한 숲 깊숙이 들어가세요. 그곳에서는 혼자 있으면 안 돼요. 인간 고기를 좋아하는 트롤이 살고 있거든요. 수많은 희생자의 뼈로 가득한 끔찍한 동굴에서는 절대 야영하면 안 된답니다. 항상 밝은 곳에 있는 길만 따라서 걷도록 하세요. 이 악한 무리는 햇빛을 보면 돌로 변하는 치명적인 약점이 있거든요. 숲을 빠져나오면 울퉁불퉁하고 가파른 경사에 색 바랜 덤불과 부서진 돌이 가득한 삭막한 광경을 보게 될 거예요. 이 황무지 가운데에는 요정의 주문으로 보호받는 마지막 안식처 '깊은골(리븐델)'이라는 비밀 계곡이 있어요. 단단한 나무와 구불구불한 개울에 둘러싸인 이 성스러운 곳에서 잠시 쉬어 가세요. 목적지에 닿기 전에 평화롭게 머무를 수 있는 마지막 쉼터가 될 테니까요.

혹시 앞일을 감당할 만큼 용감하지 않나요? 그러면 거기서 멈추세요. 깊은골을 지나면 온갖 괴물과 불행이 당신을 괴롭힐 거예요. 당신이 겁이 없는 사람이라면 왕이 다스리지 않는 이 위험한 협곡을 올라가 보세요. 바위 거인은 쉽게 피할 수 있을지 몰라요. 그러나 고블린에게까지 행운을 기대하는 건 어려울 수 있답니다. 불쾌한 생물인 이 작은 오크들은 한 번에 많은 사람을 죽이거든요. 고블린은 더러운 동굴에 살고 있는데, 그곳에서는 절대반지를 가졌을 만큼 운이 좋은 사람들만 살아 나갈 수 있어요.(눈은 튀어나와 있지만 앞을 보지 못하는 질퍽질퍽한 생명체들이 우글거리는 지하 우물 근처에 반지가 놓여 있어요.) 그리고 고블린에게서 살아남는다 해도 황무지 너머에 있는 늑대들에게 잡힐 거예요. 그러면 제왕독수리 등에 올라타 탈출하세요. 성스러운 이 새는 당신을 어둠숲 가장자리에 있는 '바우바위'에 내려줄 거예요. 이 광대한 숲은 의심 많은 고블린과 거대한 거미로 가득 차 있지만, 고블린과 오크가 득실거리는 인근 광야가 훨씬 위험해요.

🍃🍃🍃
숲속요정들에게 잡히도록 해요. 그 지하감옥에서 몰래
빠져나오는 것보다 더 빠르게 호수마을로 갈 수 있는 방법은 없거든요.
포도주 통에 숨어서 숲속강 물줄기를 타고 호수마을까지 쭉 가세요.

## 호수마을에서 보물까지

드디어 물줄기를 따라 호수마을에 도착했어요. 사람들이 사는 번영한 도시에서 힘을 비축한 다음, 호수의 다리를 지나 용이 사는 외로운산 기슭 폐허로 가세요. 눈이 붉은 용 스마우그가 사는 은신처에는 조심조심 들어가야 해요. 잠들어 있는 용이 깨어 분노하는 날에는 큰 날개를 펴고 마을로 날아가 사람들을 전부 죽일 거예요. 설령 분노한 용 스마우그를 죽인다 해도 보물을 나누는 문제 때문에 다시 큰 분쟁이 일어날 수 있어요. 모든 피조물은 이기심과 분쟁심이라는 감정에 몹시 취약하거든요.

🍂🍂🍂

이러한 악의 고통을 겪고 싶지 않다면
당신 몫의 보물을 가지고 서둘러 고향으로 돌아가세요.

---

## 알고 있나요?

🍂 존 R. R. 톨킨과 《나니아 연대기》의 작가 클라이브 루이스는 좋은 친구 사이였답니다.

🍂 많은 훌륭한 판타지 작품들과 마찬가지로 《호빗》은 톨킨이 자녀들을 즐겁게 해 주려고 쓴 작품이에요.

🍂 톨킨이 호빗이라는 단어를 만들지는 않았습니다. 그 단어는 1863년부터 옥스퍼드 사전에 나와 있었어요.

🍂 이 소설에는 여성이 나오지 않아요.

# 판엠
《헝거 게임》, 수잔 콜린스, 2008

오! 판엠! 절대 방문하지 말아야 할 환상의 나라 순위에 따르면 이 나라는 가장 위험한 국가 중 하나예요. 현재의 지구 문명이 모두 파괴된 이후 북아메리카 지역에 생긴 나라랍니다. 무자비한 지도자가 지배하는 이 나라의 요새 도시 '캐피톨'에는 96만 463명이 살고 있어요. 캐피톨은 현대 문명 시절에 캐나다와 미국을 가로질러 있던 로키산맥 자리에 위치해요.

독재 체제를 유지하기 위해, 판엠은 열세 개의 상품 생산 구역으로 나뉘어 있어요. 미래의 여러 디스토피아 국가와 마찬가지로 빈곤 수준은 지역마다 천차만별이고 가장 열악한 지역에는 전기 철조망이 설치되어 있어요.

'빵과 서커스(Panem et circensesrcus)'라는 라틴어 문구에서 이름을 따온 판엠은 건국된 날짜가 정확히 알려지지 않았어요. 다만 2100년과 새천년 사이 언제쯤이라고 추정한답니다.

세상이 종말을 맞은 그 비극적인 시기에 기록된 자료가 없기 때문에 왜 멸망했는지는 정확히 알 수 없는데, 일부 사람들은 기후 변화와 무력 충돌 때문이라고 말합니다. 우리가 확실하게 말할 수 있는 유일한 것은 판엠의 인구가 약 400만 명이라는 점에 비추어 볼 때 북아메리카 인구의 99퍼센트 이상이 대재난 때 사망했다는 사실이에요.

판엠

4번 구역

7번 구역

캐피톨

6번 구역

8번 구역

3번 구역

11번 구역

2번 구역

12번 구역

1번 구역

9번 구역

13번 구역

10번 구역

5번 구역

| | |
|---|---|
| 1번 구역 : 사치품 | 8번 구역 : 섬유 |
| 2번 구역 : 군수품 | 9번 구역 : 곡물 |
| 3번 구역 : 제조업 | 10번 구역 : 축산 |
| 4번 구역 : 어업 | 11번 구역 : 농업 |
| 5번 구역 : 발전 | 12번 구역 : 탄광업 |
| 6번 구역 : 자동차 | 13번 구역 : 핵 기술 |
| 7번 구역 : 임업 | |

## 판엠 여행하기

평행 세계이기 때문에 여행자가 어느 시대에 도착할지는 예측할 수 없어요. 그래서 암흑기이거나, 74번의 헝거 게임 중이거나, 두 번째 반란 때일 수도 있어요. 특별히 열두 살에서 열아홉 살 사이의 청소년은 이곳을 방문하지 말 것을 권유합니다. 판엠 정부는 젊은이들을 추첨에 참여시키고, 뽑히는 사람에게는 경기장에서 목숨을 걸고 싸우게 강요하거든요. 그럼에도 판엠을 여행하기로 마음먹었다면 아주 조심해야 해요. 반군 세력과 연합하지 말고 캐피톨 밖으로도 절대 나가지 마세요. 이웃한 다른 지역으로 여행할 수도 없는데, 판엠 너머는 문명의 흔적을 찾을 수 없으며 국경을 넘는다 해도 어마어마한 물세례를 받을 거예요.

캐피톨에서 가장 인기 있는 곳은 대통령 관저와 트레이닝 센터가 밀집한 시티 서클로, 외부인들은 들어갈 수 없는 곳이랍니다.(하지만 옥상에서는 조금 보일 거예요.) 이곳 주민들이 화려하게 치장한 모습과 문신 애호가들, 보석과 고양이 수염, 발톱을 이식하는 것을 볼 수 있어요. 외식을 하고 가발을 사기에 아주 좋은 곳이기도 하고요. 패션에 관심이 많으면 두 개의 주요 도로를 연결하는 골목에 있는 티그리스 부티크를 방문하세요. 하지만 같은 거리에 있는 보석 가게와 중고 물품을 파는 매장에서 속지 마세요. 품질이 좋지 않은 물건의 가격을 부풀려서 제시하거든요.

🌲 🌲 🌲

시내 중심부를 떠나 캐피톨을 벗어나기로 했다면
가장 부유한 구역인 1, 2, 5구역은 피해 가세요. 그리고
우승자 마을에 있는 고급 주택에서 묵으세요.
그곳에는 여행자들이 사용할 수 있는 집무실과 지하실,
거실 그리고 여러 개의 방이 있습니다.

## 동식물

판엠을 여행하기 전에 괴물들에게 물릴 경우를 대비해서 필요한 해독제를 가져가야 할 뿐만 아니라 특정 머테이션의 공격을 받을지도 모르니 백신도 접종해야 해요. 현대 문명을 앗아 간 대재난 이후에 물가가 엄청나게 올랐으니 떠나기 전에 꼭 약을 준비하세요. 독침이 있는 나비, 사람을 먹는 황금빛 다람쥐, 부리가 있는 핑크색 새들, 날카로운 발톱으로 무장한 원숭이와 장미 향이 나는 파충류는 아주

조심해야 한답니다. 추적 말벌이 나타나면 무조건 건물 안이나 물속에 숨어야 해요. 독침을 맞고도 살아날 수 있는 유일한 방법은 독을 흡수하는 식물을 미리 준비해 놓는 것밖에 없어요.

수색하려고 숲으로 들어가기로 했다면 흉내어치가

지저귀는 소리에 흠뻑 빠져 보세요.

(재잘어치와 혼동하지는 말고요.)

그리고 무슨 일이 있어도 딸기를 따 먹어서는 안 됩니다.

독에 중독되어 즉사할 수 있어요.

## 판엠 구역별 특징 알기

1번 구역 ···· 캐피톨을 위한 사치품 생산

2번 구역 ···· 광업과 석재에 특화해 있고 군수품을 제조

3번 구역 ···· 컴퓨터와 텔레비전 생산 공장이 있는 기술 지구

4번 구역 ···· 주민들이 어업에 전념

5번 구역 ···· 에너지 생산 기지, 전국에 전기 공급

6번 구역 ···· 자동차 제조

7번 구역 ···· 울창한 숲이 조성되어 목재 생산

8번 구역 ···· 섬유 산업 기지

9번 구역 ···· 곡물 가공 지역

10번 구역 ···· 축산

11번 구역 ···· 농업

12번 구역 ···· 가장 가난한 지역으로 석탄 채굴

13번 구역 ···· 암흑기 이전에는 흑연 채굴과 핵 기술 부문

# 환상 세계
### 《끝없는 이야기》, 마하엘 엔데, 1979
### ✳✳✳

어린 여왕이 아파요! 환상 세계가 사라지고 있어요. 여왕이 죽지 않기를 바라고 이 세계가 사라지는 걸 원하지 않는다면 되도록 빨리 이 환상 세계로 출발하세요. 수많은 나라가 모여 만들어진 이 국경 없는 왕국이 여왕이 아프면서부터 무(無)에 먹혀 들어가고 있어요.

이 기묘한 이야기는 잘 알려지지 않았지만 모든 일은 바위 먹는 거인과 밤의 요정, 소인족과 도깨비불이 동쪽에 있는 '끓어오르는 증기'라는 호수가 사라졌다고 경고했을 때부터 시작됐어요. 호기심 많은 사람들과 전문가들은 그곳에 직접 가 보았는데, 엄청나게 큰 호수가 마른 것도 아니고 그렇다고 어디로 간 것도 아니고, 그냥 무서운 공허 상태로 바뀌어 있다는 사실을 확인했어요. 이 무(無)는 암흑 상태도 황폐한 것도 아니에요. 감히 무를 보고자 하는 사람의 눈을 멀게 하는 완전한 '없음'이에요.

어린 여왕의 환상 세계가 없어지는 것을 막으려면 사람의 도움이 필요해요. 그러나 인간이 오기를 기다리는 동안 이 자애로운 여왕은 왕국 심장부의 넓은 평원 '미로' 한가운데에 우뚝 솟은 상아탑에서 정신을 잃어요. 그리고 풀의 바다에 사는 초록 영웅들부터 남쪽 신탁소 가까이에 사는 화를 잘 내는 그 놈족, 죽음의 산에 있는 행운의 용까지 모든 피조물이 이제 무를 없애기에는 너무 늦은 것 아니냐며 무서워해요.

환상 세계

## 환상 세계의 생물과 지역

지혜로운 탐험가님을 환영합니다! 모험을 떠나기 전에 당부할 사항이 있는데, 공상은 평화로운 왕국의 모습을 계속 바꾸기 때문에 환상 세계로 가는 길은 쉽지 않아요. 이 조심스러운 안내서를 통해 관광객의 돌발 행동으로 나타나는 부적절한 상황에는 일절 책임지지 않는다는 점을 분명히 알려드립니다. 엉뚱한 관광객의 행동 때문에 발생하는 이상한 일은 예상하기 어렵거든요.

하지만 어떻게 되든 상관없다면 어린 여왕에게 인사하기 전에 왕국 전체를 돌아다녀 보세요. 여행하는 동안에는 정말 조심해야 해요. 무(無)는 자신을 관찰하려 하는 당돌한 여행자들을 그 속으로 끌어당기거든요. 게다가 너무 가까이 다가가는 어리석은 사람 중에는 종종 팔다리를 잃는 이가 나오기도 해요.(아프지는 않지만 몸의 한 부분이 없어지는 거예요.)

당신은 상아탑에서 한참 떨어진 풀의 바다에 도착할 확률이 높아요. 그곳에는 초록 피부 종족이 살고 있는데, 이들은 영웅이 되고 싶은 용감한 사냥꾼들이랍니다. 이 광활한 초원 근처에 있는 은 산맥을 넘어 '노래하는 나무들의 나라'라는 아름다운 숲으로 가세요. 감미로운 멜로디로 지나가는 이들의 마음을 빼앗는 곳이에요. 여행으로 고된 하루를 보낸 뒤에는 에리보의 유리탑에서 편히 쉬세요. 그곳의 친절한 주민들이 별빛을 잡아 탑 안에 모아 두었답니다. 몸이 불로 된 생물들이 가득한 브로우슈 시(市)의 불타는 거리에는 가지 마세요. 하울레 숲을 지나는 것은 무서워할 필요가 없어요. 울퉁불퉁한 나무줄기처럼 생긴 나무껍질 괴물들은 짓궂은 장난만 치거든요.

슬픔의 늪이 있는 곳까지 계속 북쪽으로 가세요. 물에 사는 식물과 구부러진 뿌리가 가득한 이곳은 지나가는 모든 사람을 우울하게 만든답니다. 이끼 낀 늪 한가운데에는 늙은 모를라의 고향인 뿔의 산이 있어요. 이 늙은 거북과 대화하는 것을 귀찮게 생각하지 마세요. 사회에 불만이 많은 만큼 지혜롭기도 하니까요.

✳✳✳
끔찍한 거미와 무시무시한 늑대만 살고 있는
암울한 죽음의 산맥으로 계속 가세요.
하지만 우울한 심연으로 가서 행운의 용을 구해 주면
어린 여왕이 있는 곳으로 **빨리** 데려다줄 거예요.

## 목련 정자로 가는 방법

환상 세계 중심부에 있는 거대한 미로에 도착하면 비로소 당신의 임무가 끝납니다. 그곳에는 하얀 피부에 머리가 긴 어린 여왕이 살고 있어요. 엄청나게 넓은 정원에는 환상적인 꽃들과 꿈 같은 빛깔을 입힌 울타리 그리고 복잡하게 얽힌 수많은 길이 있지만, 방문객들을 위협하거나 겁주려고 만든 건 아니에요. 환상 세계의 여왕은 적을 두려워하지 않고 자신의 땅에 오는 모든 이를 환영하거든요. 미로 한가운데에는 한 도시만큼이나 큰 뾰족한 상아탑이 있어요. 그곳에는 수많은 탑과 계단, 둥근 지붕이 맞물려 있답니다. 나선형으로 뒤얽힌 거리에는 넋을 잃은 눈의 정령과 요정, 목신과 요괴 들이 가득한데 여기에서 헤매지 말고 반짝이는 계단이 숨겨진 현관이 나올 때까지 죽 걸어가세요.

가파른 계단을 올라 빛깔 분수를 지나 상아로 만든 조각상이 가득한 정원을 가로질러 난간 없는 아치형 다리를 엉금엉금 기어오르다 보면 목련 정자에 도착해요. 무척 높아서 하늘로 솟아오른 듯할 거예요. 꽃 모양의 정자 안에서 하얀 소파에 비스듬히 누워 당신이 도착하기만을 기다리는 아름다운 여왕을 만날 수 있어요.

✳✳✳

아픈 어린 여왕을 회복시킨 다음 남쪽 신탁소로 가서<br />
세 개의 마법의 문 수수께끼를 푸세요. 하지만 어떤 경우든<br />
마녀와 뱀파이어가 사는 불량배의 나라, 유령의 성과 집들이 즐비한<br />
끔찍하게 버려진 유령 도시에는 가서는 안 된답니다.

## 환상 세계에서 볼 수 있는 다른 여러 피조물들

✳ 항상 자기들끼리 싸우는 네 명의 바람 거인

✳ 머리에 천상의 별을 꽂은 치료의 요정

✳ 노인으로 태어나 아기로 죽는 사사프라스인

✳ 한 걸음 내딛는 데만 몇 년이 걸리는 얼음 사나이

# 호그와트
《해리 포터와 마법사의 돌》, J.K. 롤링, 1997

호그와트에 오신 것을 환영합니다! 영국 북부 호그스미드 마을 옆에 있는 이 마법 학교는 990년께에 고드릭 그리핀도르, 헬가 후플푸프, 로웨나 래번클로, 살라자르 슬리데린이라는 네 명의 마법사가 만들었어요. 이 웅장한 성에는 그라인딜로우, 도롱뇽, 인어가 사는 검은 호수가 있고 아름다운 정원으로 둘러싸여 있지요. 약초학 수업이 열리는 온실도 있답니다. 모든 수업을 호그와트에서만 하지는 않아요. 호수 근처 퀴디치 경기장에서는 학생들이 좋아하는 스포츠 연습을 할 수 있는데 높이 올라선 둥근 골대와 현지에서 자란 나무로 만든 관람석이 있답니다.

북쪽으로 조금 가면 후려치는 버드나무가 우뚝 솟아 있고 그 안에는 비밀 통로가 있어요. 무엇이든 나무 근처에 닿기만 하면 나뭇가지로 막 때린답니다. 조금 더 가면 사냥터지기 해그리드가 사는 아늑한 오두막이 있어요. 금지된 숲 입구 앞에 있는 이 오두막은 학생들이 숲으로 들어가지 못하게 하는 경계 표시랍니다. 금지된 숲에는 켄타우로스와 유니콘, 애크로맨툴라, 세스트럴 같은 위험한 동물들과 그룹이라는 거인이 살고 있어요.

호그스미드에는 3학년 학생들부터 갈 수 있는데 킹스크로스 역 9와 4분의 3 승강장에서 호그와트 급행열차를 타고 종점에서 내리면 됩니다. 이 아늑한 마을에는 주로 꿩의 깃털로 만든 펜을 파는 깃펜 가게와 허니듀크 사탕 가게, 버터 맥주로 유명한 선술집 스리 브룸스틱스가 있어요.

## 다이애건 앨리

입학 허가를 받은 것을 축하합니다! 학기가 시작하기 전에 필요한 모든 것을 다이애건 앨리에서 구입하세요. 런던에 있는 리키 콜드런이라는 선술집에 가면 다이애건 앨리로 들어가는 입구가 있어요. 신참 마법사는 모두 지팡이가 필요한데, 기원전 382년부터 지팡이를 만들어 파는 올리밴더의 가게로 가 보세요. 플러리시 앤드 블러츠 서점에서는 박쥐학, 부엉이학, 빗자루학 교과서를 사고 말킨 부인의 가게에서는 어느 때나 입을 수 있는 망토를 구입하세요. 슬러그 앤드 지거스에서는 모든 종류의 마법 약을, 크랜빌 퀸시가 운영하는 마법 잡화점에서는 이런저런 잡다한 물건을, 스크립블러스에서는 펜과 잉크, 양피지를 살 수 있답니다. 마법 동물원에서는 쥐나 두꺼비를 입양하세요. 하지만 맹금류를 훈련하는 것이 꿈이었다면 부엉이 상점으로 가세요. 호그와트를 전부 파악한 것은 아니지만 달콤한 사탕을 파는 슈가플럼과 아이스크림 가게 플로리언 포테스큐, 마법 장난감을 살 수 있는 갬볼 앤드 제이프도 있으니 참고하세요.

♦ ♦ ♦

**돈이 떨어졌다고 당황하지 마세요!**
**고블린들이 운영하는 그린고츠 마법사 은행에서**
**갈레온(금화), 시클(은화), 크넛(청동 동전)을 꺼낼 수 있거든요.**

## 호그와트 내부 구경하기

신입생들에게 강렬한 인상을 주고 싶으면 4학년인 것처럼 성 안에서 빠르게 이동하는 법을 배워야 해요.

호그와트의 하루는 기숙사 배정 테스트로 지정된 방에서 시작되는데, 다섯 명이 함께 쓰는 이 방은 캐노피 침대가 있는 따뜻한 공간이에요. 아침 식사를 하려면 천장을 마법으로 장식한 1층 연회장으로 내려가세요. 집에 있는 것과 비슷한 긴 식탁에 앉으면 됩니다. 감성적인 유령들이 주변을 돌아다니겠지만 신경 안 써도 돼요. 수업이 끝나자마자 다른 층으로 가는 계단을 따라 휴게실로 가세요. 250개의 마술 그림에 있는 주인공 중 한 명과 대화할 기회가 생긴답니다. 그리핀도르 기숙사로 배정받았다면 당신 방은 7층에 있는 뚱뚱한 여인의 초상화 뒤에 있어요.(비밀번호를 외우지 못하면 방에 들어가지도 못하고 밖에 있어야 하니 꼭 외우세요.) 벽난로 옆의 쓰러질 듯한 소파에 누워《미치광이 머글 마틴 믹스의 모험》,《이러쿵저러쿵》,《예언자 일보》 등을 읽으며 기분 좋게 지내고 싶으면 서둘러서 제일 먼저 그곳에 도착해야 해요.

학급에서 1등을 하려면 오후 내내 도서관에서 살다시피 해야 합니다. 그렇다고 거기에 있는 책을 훔치면 안 돼요. 도난과 손상 방지를 위해 마법이 걸려 있거든요. 반장이 되면 5층 보리스의 동상 근처에 있는 화려한 욕실로 들어갈 수 있는 비밀번호를 받아요. 거의 방 하나만큼 큰 욕조와 수도꼭지에서 여러 가지 색 물이 나오는 세면대가 있어요. 욕실에 걸린 유일한 그림에는 인어가 살고 있는데, 다른 유명한 세입자인 울보 머틀이 아주 싫어한답니다. 그 인어가 깨어 있을 때 학생들을 유혹하는 것으로 유명하거든요.

♦♦♦

고향이 그리워지면 부엉이장으로 가세요.

거기에 있는 부엉이 중 한 마리가 당신의 편지를 집으로 배달해 줄 거예요.

간절히 바라는 것이 있을 때는 모든 소원을 이루어 주는

'필요의 방'이 나타난답니다.

## 마법 식품

호그와트만큼이나 호그스미드도 마법의 요리가 맛있기로 유명해요. 아래의 달콤한 디저트들은 한번 맛보면 멈출 수가 없지요.

🖊 베이크드빈, 초콜릿, 코코넛, 커피, 카레, 귀지, 허브, 간, 잼, 후추, 민트, 정어리, 시금치, 양배추, 딸기, 토스트, 캐러멜 라떼 등 온갖 맛이 나는 버티 보트의 강낭콩 젤리. 유명한 마녀와 마법사 그림 카드가 있는 개구리 초콜릿

🖊 파리 모양 초콜릿

🖊 단맛이 없어지지 않는 드루블즈 풍선껌(헤아릴 수 없이 많은 맛의 껌을 씹으려면 24페이지로 가세요.)

🖊 입에서 불을 뿜을 수 있는 '고추 꼬마도깨비'

🖊 먹으면 날 수 있는 셔벗 볼

# 나니아

《사자와 마녀와 옷장》, C. S. 루이스, 1950

삶이 힘들어서 도망치고 싶거나 심술궂은 가정부를 피해 어디로 떠나고 싶으면 나니아로 가 보세요. 이 추운 왕국은 기원 0년에 바다 너머 황제의 아들이자 숲의 왕인 위대한 사자 아슬란이 만들었답니다. 900년에 하얀 마녀 제이디스가 자신이 나니아 여왕이라고 선포(아무 근거도 없이!)하기 전까지, 말하는 동물과 신성한 존재들은 몇 세기 동안을 서로 어울려 조화롭게 살았어요. 아름다운 폭군 제이디스는 반은 거인, 반은 인간인데 자기 신하를 돌로 만들어 버리는 등 할 수 있는 온갖 악행을 마구 저질렀지요. 아름다운 나니아를 겨울로 만들고 결코 크리스마스가 오지 않게 마법을 걸었답니다.(추위가 점점 풀렸을 때 이곳에 처음 나타난 존재는 산타 할아버지예요.) 하얀 마녀가 100년 동안 이 나라를 지배한 뒤, 다행히 왕위의 공식 상속인인 페번시 남매들이 나타나 하얀 마녀를 물리치고 사랑스러운 이 나라에 평화를 되찾아 주었습니다.

첫 번째 천 년이 끝날 무렵, 나니아 입구에는 가로등이 서 있고 동쪽 끝에는 네 개의 왕좌가 있는 케어 패러벨성이 우뚝 솟아 있어요. 북쪽에는 나니아의 가짜 여왕이 사는 유령 같은 집이 있는데 지붕이 마녀 모자처럼 뾰족한 탑 모양이에요. 온 나라를 가로지르는 강은 얼어붙어 있답니다. 그리고 남자 머리를 한 황소, 반은 사람 반은 양의 모습을 한 파우누스, 숲의 요정과 물의 요정과 난쟁이, 반은 말이고 반은 사람인 켄타우로스와 유니콘이 살고 있어요.

## 나니아에 가는 방법과 흥미로운 점

환상적인 세계 나니아로 가는 길이 쉽지는 않지만, 1940년대 영국에 있는 어느 집의 빈방 옷장을 통한다면 갈 수 있어요. 시골에 있는 오래된 그 집은 기차역에서 15킬로미터, 우체국에서는 3킬로미터쯤 떨어졌어요. 나니아 달력으로 900년 된 세계로 들어가기 전에 눈에 미끄러지지 않게끔 좋은 장화로 갈아 신으세요. 옷장에 들어가면 모피 코트가 걸려 있는 옷걸이와 나니아 숲속 나뭇가지를 혼동할 수 있으니 눈을 크게 뜨고 똑바로 걸어가세요.

얼어붙은 숲이 나타나면 하얀 마녀가 오래전에 가져온 런던 가로등의 불빛이 보일 때까지 10분 동안 걸어가세요. 그리고 북쪽으로 올라가 바위 동굴에 사는 파우누스족 툼누스를 만나 보세요. 툼누스는 반은 인간이고 반은 동물이에요. 머리에는 뿔 두 개가 있고 뾰족한 수염에 곱슬머리, 반짝반짝 빛나는 검은 털이 있어요. 붉은 돌로 만든 아늑한 그의 집에는 벽난로와 책이 가득 찬 책장이 있어 보송보송하면서도 상쾌하게 지낼 수 있답니다. 큰 강 옆 제방 위에는 비버 가족이 사는 작고 귀여운 집이 있어요. 배가 고프면 비버 가족이 맛있는 저녁 식사를 대접할 거예요. 큰 강은 매서운 추위가 닥쳤을 때 흐르던 모습 그대로 얼어 버려 물결과 거품이 고스란히 남아 있어요. 친절한 비버 가족의 집에는 양파와 햄이 그득하고, 집 안에서 물고기를 잡을 수도 있답니다.

베루나 여울 가까이 바다가 내려다보이는 언덕 꼭대기에는 돌로 된 탁자가 있어요. 반역자를 처형하는 곳인데, 돌 기둥 네 개가 지탱하고 있는 이 탁자는 천 년이나 되었고 회색 석판에는 강력한 마법으로 만든 이상한 글자가 새겨져 있답니다. 모래와 바위, 짠물 웅덩이와 해초가 즐비한 서쪽 해안에는 케어 패러벨성이 있는데 그곳에서 당신의 모험이 끝날 거예요.(사악한 여왕이 차지한 왕좌를 되찾으려면 다른 세 명의 친구들과 함께 여행을 마쳐야 해요.)

🏮🏮🏮

연회장에 있는 네 개의 왕좌에 앉기 전에 상아로 만든 천장과
웅장한 문을 감상해 보세요. 서쪽 문은 공작 깃털로 장식되었고
동쪽 문은 눈부신 바다가 보이게끔 활짝 열려 있답니다.

## 여왕을 물리치는 방법

하얀 마녀와 싸워 이기려면 우선 돌로 변한 사람들을 다시 살려야 해요.

제이디스는 유령 같은 작은 성에 있는데, 가느다란 바늘처럼 생긴 수많은 탑이 하늘을 찌를 듯이 솟아 있어요. 마녀는 이 성 안에서 돌상을 지키고 있답니다. 이들을 구하려면 돌 탁자 근처 캠프에 있는 말하는 위대한 사자 아슬란의 도움이 필요해요. 아슬란에게 가는 길을 잃지는 않을 거예요! 멀리서 상아색 천막에 연분홍 끈으로 묶여 있는 노란 비단 깃발이 보이거든요. 펄럭이는 깃발에는 사자 얼굴이 그려져 있어요.

그곳에서 군대를 일으키세요. 거인과 늑대, 나무귀신, 악마와 유령, 미노타우로스, 잔인한 마법사들과 맞서 싸우세요. 북쪽에 있는 두 언덕으로 가세요.(이때 사자 등에 올라타 달려 봐요.) 하얀 마녀의 스파이 나무와 비밀 경찰 늑대를 만나더라도 무서워하지 마세요. 그리고 성에서 내보내는 달빛의 음산한 섬광을 보더라도 용감하게 나아가세요.

🏮🏮🏮

이 여정 중에 산타 할아버지를 만날 수 있다면 마법의 물약을 얻어
전쟁 때 입은 상처를 치료할 수 있어요. 그리고 그곳에서
몇 년 동안 승리를 축하할 수 있어요.
현실 세계에서는 겨우 몇 분만 흘러간 상태일 테니까요.

## 알고 있나요?

🏮 《나니아 연대기》 작가 C. S. 루이스는 이야기에 나오는 교수처럼 런던 소녀들을 자신의 시골집으로 초대했다고 합니다.

🏮 이 소설에 나오는 나이 어린 주인공 루시의 이름은 C. S. 루이스의 양녀 루시 바필드에게서 가져왔어요.

🏮 《나니아 연대기》의 모든 시리즈에 빠지지 않고 등장하는 유일한 존재는 사자 아슬란인데 본래 이야기 초안에는 없었답니다.

🏮 C. S. 루이스는 《반지의 제왕》 작가인 존 R. R. 톨킨과 같은 문학 동호회 회원이었다고 합니다.

# 셜록의 런던

### 《셜록 홈즈》, 아서 코난 도일, 1887~1927

우 우 우

영국에서 환상적인 여행을 할 수 있다면 역대 최고 탐정 셜록 홈즈가 있는 런던을 놓칠 수 없겠죠. 이 유명한 사립 탐정은 문학, 철학, 천문학에는 문외한이고 정치 관련 지식이 별로 없는 데다 식물학이나 실용적인 지식도 들쑥날쑥해요. 하지만 지질학과 영국 법에는 나름 일가견이 있고 화학에서는 심오한 경지에 이르렀죠. 해부학은 조금 약하지만 바이올린을 잘 켜고 감각적으로 글 쓰는 데 탁월하답니다. 게다가 크로케와 권투, 펜싱은 전문가 수준이에요. 아프가니스탄 전쟁 때 마이완드 대전에서 부상당한 군의관인 런던 대학교 의학박사 존 왓슨과 룸메이트로 지내고 있어요. 그들은 1881년 런던에 있는 바츠 화학 실험실에서 처음 만나 적당한 가격의 집을 찾으면서 베이커가 221B번지로 이사하지요. 그 집에는 안락한 침실 두 개와 가구가 갖춰진 넓은 거실이 하나 있어요. 거실에는 두 개의 큰 창문이 있어 햇살이 환하게 비치고 통풍이 잘된답니다. 홈즈와 왓슨이 함께 지낸 첫해에 런던 남부 램버스 브릭스턴로 근처의 반쯤 폐허가 된 주택에서 살인 사건이 일어났는데, 이것이 그들이 해결한 첫 사건이 됐어요.

그때부터 이 신중한 의사와 괴팍한 탐정은 도시를 돌아다니며 악명 높은 범죄를 해결하고, 때로는 스코틀랜드 야드(런던 경찰국의 별칭)와 협력하며 일했답니다.

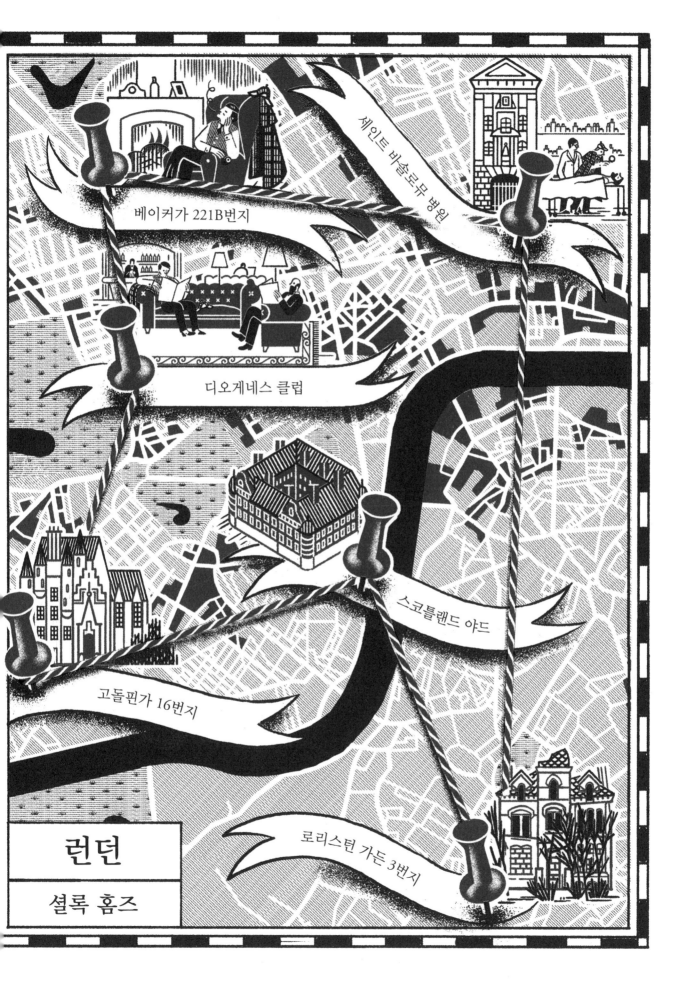

베이커가 221B번지

세인트 바솔로뮤 병원

디오게네스 클럽

스코틀랜드 야드

고돌핀가 16번지

로리스턴 가든 3번지

런던

셜록 홈즈

## 런던에서 셜록 홈즈에게 연락하기

런던으로 여행을 떠나기 전에 셜록 홈즈가 항상 런던에 있지는 않다는 것을 알아 둬야 해요. 유능한 탐정이라 늘 사건의 단서를 따라 움직이거든요. 스위스로 건너가 라이헨바흐 폭포 앞에서 범죄계의 나폴레옹(모리어티 교수)과 맞서기도 하고 프랑스 몽펠리에로 가서 자료를 모으기도 한답니다. 이렇게 바쁜 셜록 홈즈이지만 그를 찾는 여러 고객을 소홀히 대하지는 않아요. 그래서 이따금 왓슨 박사가 이 추론의 천재 홈즈와 동행하지 않고 혼자 다른 주나 외국에 가서 사건에 관한 정보를 알아 오기도 해요.(예를 들면 1901년 8월 잉글랜드 남서부에 있는 데번주에서 발생한 찰스 바스커빌 경 살해 사건이 유명해요. 셜록 홈즈 없이 왓슨 박사 홀로 바스커빌가를 조사해야 했답니다.)

뛰어난 탐정 셜록 홈즈가 런던에 있을 때는 보통 일찍 일하러 나가기 때문에 그를 만나려면 아침 일찍 서둘러 베이커가로 가야 해요. 홈즈의 집 벽난로 앞 의자에 그가 없으면 정부 요원의 부탁으로 외출했을 수도 있으니 마부가 끄는 마차를 타고 세인트 바솔로뮤 병원 화학 실험실로 가 보세요. 근처 골목에 있는 옆문을 통해 병원 별관으로 들어가세요. 칙칙한 돌계단을 올라 벽에 석회 칠을 한 긴 복도를 지나 아치형 통로를 건너가면 천장이 높고 여기저기에 병이 흩어져 있는 정신 사나운 실험실에 도착할 거예요. 셜록 홈즈에게 당신을 소개하세요. 하지만 그가 레토르트와 시험관, 분젠 버너로 헤모글로빈 실험에 집중하고 있다면 방해하지 말기를 바랍니다.

우 우 우

셜록 홈즈가 당신을 임시 수습생으로 받아 주기로 결정했다면
약간 비윤리적으로 실험하고 있는 해부학실을 보여 줄지 몰라요.

## 셜록 홈즈와 함께 탐정 기법 배우기

홈즈와 함께 범죄를 수사하기 전에 허드슨 부인의 집이 있는 베이커가 221B번지로 가세요. 집 안에는 서류가 넘쳐나고 석탄 통은 담배로 가득 차 있어요. 또 범죄 관련 화학 물질과 잔여물이 가득해요. 이런 정신없는 광경뿐 아니라 새벽부터 바이올린 소리를 들어야 하고, 집 안에서 리볼버 권총으로 사격 연습을 하는 소리에도 익숙해져야 합니다. 그렇지만 아늑한 벽난로 앞에서만은 평화를 맛볼 수 있습니다. 셜록이 그 앞에서 사건을 의뢰한 편지를 집어 조용히 봉투를 열어 보거든요.

셜록은 정부 고위 간부들과 스칸디나비아 왕실을 포함한 유럽 왕족, 금융 부자들뿐 아니라 파산한

소매상과 겁먹은 교사까지 고객층이 다양해서 엄청 열심히 일하고 있어요. 온종일 온 도시를 다니며 단서를 찾느라 너무 바쁘답니다. 템스강과 웨스트민스터 사원 사이의 고돌핀가 16번지에는 18세기에 지은 우아한 저택이 있는데, 이곳에서 사교계의 유명 인사이자 스파이였던 에두아르도 루카스가 살해당하는 사건이 일어나요. 물론 셜록 홈즈가 이 사건도 해결하지요. 어떤 때는 런던 슬럼가에도 가야 해요. 병에 걸려 시들시들한 나무들에 둘러싸인 로리스턴 가든 3번지에 있는 집처럼 음산하고 지저분한 지역 말이에요. 신중하게 조사해야 할 때는 런던 경찰국의 협조를 받을 수도 있어요.(경찰국은 분위기가 엄청 보수적이에요.) 그리고 부랑아들에게 돈을 조금 쥐여 주고 정보를 모으기도 해요.

🔎 🔎 🔎

**홈즈에게 훈련을 받으면서 긴 하루를 보냈다면**
**인간 혐오가 있거나 수줍음이 많은 사람들이 모이는 디오게네스 클럽으로 가서 쉬세요.**
**이 클럽에서는 말하는 것이 금지되어 있답니다.**

## 알고 있나요?

🔎 베이커가 221B번지는 아서 코난 도일이 셜록 홈즈를 집필할 때는 없던 주소랍니다.

🔎 코난 도일은 셜록 홈즈의 성격에 질려 극 중에서 그를 죽게 했지만, 팬들의 성화에 못 이겨 다시 살려 냅니다. 홈즈가 어떻게 죽은 것처럼 위장했는지는 1903년에 출판한 책에 나와 있어요.

🔎 코난 도일은 결국 홈즈를 죽이지는 않고 은퇴시켰어요. 몇십 년 동안 활동한 뒤, 홈즈는 시골로 내려가 양봉에 전념합니다.

🔎 이 문학 작품은 가장 많이 영화화한 작품이기도 합니다.

# 고담 시

《디텍티브 코믹스》 제27호, 배트맨의 등장, 보브 케인, 빌 핑거(캐릭터 만든 이)
1939년 3월 30일

초자연적인 힘은 없지만 정의의 사도가 되고 싶은가요? 고담 시로 가서 배트맨을 설득해 보세요. 그와 함께 악당에게 맞서 싸울 수 있도록 말이에요. 뉴저지주 바닷가에 있는 저주받은 도시 고담 시는 1635년에 노르웨이 용병들이 점령했지만 나중에 영국이 차지하게 됩니다. 미국 독립 전쟁 중에는 치열한 싸움이 벌어지고 무시무시한 공포에 휩싸였던 곳이에요. 미국을 건국한 조상들은 이 잔인한 도시에 영원히 갇힌 사악한 박쥐를 소환하였답니다. 지진과 치명적인 바이러스로 엉망이 된 이 도시에 마피아와 갱단이 활개 치지만 정부 당국은 전혀 손을 쓸 수 없을 만큼 부패했어요. 캣우먼과 베인, 투페이스 그리고 조커 같은 악당들이 이 도시를 활보하는 동안 부도덕한 경찰들은 피니건 술집에 모여 뇌물을 받고 마약을 몰래 거래하면서 살인 사건을 은폐했죠.

그러나 억만장자 자선가 브루스 웨인이 악당들을 잡아 블랙게이트 교도소에 집어넣거나 정신 이상 범죄자들을 수용하는 고담강 근처의 아캄 수용소로 보내고 있어요. 고담 시는 슈퍼맨의 고향인 메트로폴리스와 메트로내로스 다리로 연결된답니다.

## 고담 시 둘러보기

고담 시에 온 것을 환영합니다! 이곳은 계속 변화하고 있답니다. 7.6 규모 지진이 일어나고 여러 가지 이유로 폭발 사고가 끊이지 않는 고담 시의 긴긴 시간 동안 건축물에도 다양한 변화가 일어났어요. 20세기 말의 대격변 이전으로 순간 이동을 했다면 신고딕 양식으로 지은 성당과 석상들이 즐비한 대도시가 나타날 거예요.(배트맨이 소유한 웨인 엔터프라이즈 건물에는 그로테스크한 조각 열세 개가 있어요.) 그러나 현재 시점으로 도착하면 수백 개의 고층 빌딩과 유리 건물, 날아다니는 자동차를 볼 수 있답니다.

아주 저명한 역사학자들은 이 대도시를 "11월의 가장 추운 어느 날 밤 자정을 지난 맨해튼의 지하 세계와 비슷한 분위기"라고 말했어요. 고담 시는 고드콥 같은 강력한 다국적 기업이 모여 있는 악명 높은 악당들의 소굴이에요. 이 회사는 범죄자들이 자주 드나드는 나이트클럽 '스택트덱'이 있는 오티스버그에 있답니다. 그런데 이런 회사가 도시 북쪽에만 있는 건 아니에요. 가장 부유한 지역 중 하나인 도시 중심부에도 악당 펭귄맨의 은신처인 아이스버그 카지노가 있답니다. 그런 험한 곳에 굳이 갈 필요는 없지만, 고담 시에서 정의를 수호하는 당신은 가게 될 거예요. 가장 가난한 지역 중 하나인 이스트엔드에서는 마약 밀매업자들과 싸워야 해요. 고담 시에서 최악의 동네로 손꼽히는 바우어리에서는 폭력배와 살인자 그리고 포주 들을 상대해야 하고요. 북쪽 변두리로 가면 범죄 골목으로 악명이 자자한 파크로가 있어요. 배트맨이 순찰하는 동안에는 절대 그곳에 가지 마세요. 영화관에서 나와 집으로 가던 어린 배트맨의 아버지 토머스와 어머니 마사를 조 칠이라는 강도가 그 길에서 살해했거든요.

그러나 그곳에 항상 선과 악의 싸움만 있는 건 아니랍니다. 스포츠를 좋아하면 지역 팀에서 경기를 함께 즐길 수 있어요. 고담 나이트(야구)와 고담 가드맨(농구), 고담 시티 와일드캣(축구) 그리고 고담 블레이드(아이스하키) 말고도 많은 스포츠 팀이 있답니다.

1929년 대공황 이후 도시를 살리기 위해 만든 놀이공원에서
즐거운 시간을 보내세요. 고담 빌리지에 있는 보헤미안 지역을 거닐어 보거나
그랜드 애비뉴에서 상연하는 연극을 감상할 수 있습니다.

## 슈퍼 영웅 집에서 휴식하기

온종일 악당을 물리쳤다면 이제 브루스 웨인이 사는 저택에서 편히 쉬세요.(쉿! 브루스 웨인이 배트맨이라는 사실은 아무한테도 말해서는 안 됩니다. 그건 비밀이거든요.) 고담 시 외곽에 있는 웨인 저택은 아주 특별해요. 수집가들이 탐낼 만한 작품들과 훌륭한 서재도 있지만, 배트케이브라는 비밀 기지로 통하는 비밀 통로가 있거든요. 배트케이브에는 범죄와 전쟁을 치르기 위해 모든 장비를 갖추어 놓았답니다. 이 지하 공간은 웨인이 어린 시절에 놀다가 떨어지면서 발견한 곳인데, 남북 전쟁 중에 노예 피난처로 쓰던 곳이에요.

이 은신처로 들어가려면 오래된 시계 뒤쪽에 있는 문을 이용해요. 시곗바늘을 배트맨 부모님의 사망 시각으로 정확히 돌려 맞추면 비밀의 문이 열린답니다. 배트맨의 자동차 배트모빌을 타고 움직일 때는 도로와 연결된 다른 입구를 통해 배트케이브로 오갈 수 있어요.(자동차나 오토바이, 보트 또는 배트플레인, 초음속 제트기 중에서 골라 즐겨 보세요.)

배트케이브에서는 이 어둠의 기사(다크나이트)를 좀 더 편안히
관찰할 수 있어요. 체력 단련실과 실험실, 고대 갑옷 수집품과 부상 치료실,
순간 이동기, 부두 그리고 박쥐 떼를 즐기면서 말이에요.

## 알고 있나요?

🦇 배트맨을 창조한 작가들은 고담 시에 나오는 다양한 지역도 만들었어요.

🦇 보브 케인은 《셜록 홈즈》, 《쾌걸 조로》에서 영감을 얻어 이 슈퍼 영웅 배트맨을 만들었지요.

🦇 《포브스》 잡지에서는 배트맨이 가진 재산을 69억 달러로 추정했어요.

🦇 2차 세계 대전 중에 출판된 《디텍티브 코믹스》의

표지에는 배트맨이 로빈, 슈퍼맨과 함께 히틀러에게 공을 던지는 장면이 실렸답니다.

# 뒤죽박죽 별장

《내 이름은 삐삐 롱스타킹》, 아스트리드 린드그렌, 1945

당신은 예의범절이 분명하고 수줍음 많은 아이였나요? 자신이 좀 더 무례하고 장난꾸러기였으면 하고 바란 적은 없나요? 더는 후회하지 마세요. 20세기 중반으로 가서 편안한 어린 시절을 보내고 싶다면 스웨덴 국경 근처의 작은 도시에 있는 '뒤죽박죽 별장'으로 가 보세요.

폭풍우가 몰아치던 날 바다에 빠져 사라진 에프레임 롱스타킹 선장의 아늑한 집에는 아홉 살짜리 딸 삐삐로타 델리카테사 윈도셰이드 맥크렐민트가 혼자 살고 있답니다. 삐삐 말에 따르면 자기 아빠는 식인종이 가득한 외딴섬으로 헤엄쳐 가서 그 야만족의 왕이 되었다고 해요. 엄마가 없는 이 아이는 에프레임 선장이 실종된 후에 아빠가 돌아오기를 간절히 기다렸는데, 아빠의 충성스러운 선원들이 금화로 가득 찬 가방을 선물한 덕분에 큰 어려움 없이 지내고 있어요. 이 빨간머리 소녀는 닐슨 씨라고 부르는 원숭이와 이름을 짓지 않은 말 한 마리와 함께 뒤죽박죽 별장 정원을 깨끗이 정리하고 예쁘게 단장하며 살고 있답니다.

삐삐는 행복하게 지내고 있어요. 스웨덴의 다른 도시들과 마찬가지로 이 작은 도시에서도 말을 타고 쇼핑할 수 있고 서커스를 볼 수 있거든요. 엄마나 아빠가 없어서 좋은 점도 있죠. 학교에 안 가도 되고 대구 간유 대신에 페퍼민트 맛이 나는 캐러멜을 마음대로 먹을 수도 있어요.

다락방

침실

스헤데의 작은 도시

거실

부엌

뒤죽박죽 별장

## 뒤죽박죽 별장에서 머무르기

당신이 1950년대의 스칸디나비아반도로 이사했다면 삐삐가 사는 집을 금방 찾을 수 있을 거예요. 이 말썽꾸러기 소녀는 그 지역에서 아주 유명하거든요. 그 지역에 있는 친절한 사람들에게 물어보면 뒤죽박죽 별장까지 가는 가장 빠른 길을 알려 줄 거예요.

나중에 이 도시에는 고속 도로가 나는데, 어쨌든 마을 외곽쯤에 그림같이 예쁜 작은 집이 있어요. 그 집에 들어가면 차를 마시고 폴카 춤을 추거나 재주넘기를 하기에 좋은 정원이 나온답니다. 길을 따라 양쪽으로 나란히 늘어선 멋진 가로수를 따라 걸어가 보세요. 현관에 이르면 큰 먹이통에서 귀리를 먹고 있는 말과 마주칠 수 있지만 무서워하지 않아도 돼요. 늘 부엌에만 있어서 전혀 위험하지 않거든요.

초인종을 눌렀는데도 아무 대답이 없으면 그냥 바로 가구가 없는 응접실로 들어가세요. 벽에는 아마 검은 모자를 쓰고 빨간 옷을 입은 뚱뚱한 부인의 초상화가 그려져 있을 거예요. 한 손에는 노란 꽃을, 다른 한 손에는 죽은 쥐를 들고 있죠. 응접실에는 서랍이 많은 커다란 서랍장 하나만 덩그러니 있는데, 서랍 속에는 삐삐가 전 세계 곳곳에서 얻은 귀한 보물들이 있어요. 보석과 이국적인 알들, 은거울, 진주가 장식된 칼 그리고 귀한 반지들이 있답니다. 인도차이나의 꽃으로 장식한 부엌에서는 나무 서랍에 앉아 생강 파스타를 만들어도, 가구에 올라타 '바닥에 닿지 않기' 놀이를 해도, 혼내는 사람이 아무도 없어요. 뒤죽박죽 별장에는 싱글 침대가 있는 방이 하나밖에 없어서 그곳에서 자려면 침낭을 가져가야 해요. 그 침대에서 삐삐는 과테말라에서 하던 것처럼 베개에 발을 올려놓고 머리는 시트 밑에 넣고 자요. 작은 초록빛 장난감 침대는 원숭이 닐슨 씨가 쉬는 곳이랍니다.

✕✕✕

다락방에는 오래된 궤짝과 안경, 권총, 칼 따위가 가득 차 있고<br>
유령들도 살고 있어요. 하지만 무서워하지 않아도 돼요.<br>
유령들은 출장 중이거나<br>
아주 지루한 유령 도깨비 협회 회의로 늘 바쁘거든요.

## 스웨덴 작은 도시의 여가 생활

삐삐네 집 정원에는 나팔꽃과 작은 튤립이 잔뜩 피어나 있어요. 이 예쁜 집이 있는 스웨덴 작은 도시는 여느 시골 마을과 비슷해서 관광객들은 다른 지역과 혼동한답니다. 딱히 이름 없는 도시이긴 해도 항구와 개울이 있고 상점도 많아요. 가게에서는 초콜릿 케이크와 주석으로 만든 병정, 헝겊으로 만든 코끼리와 주근깨를 없앨 수 있다는 가짜 약 등을 팔지요. 안타깝지만 피아노는 배달해 주지 않아요. 알타 거리에 가면 금화 한 개로 말을 살 수도 있답니다.

그리고 삐삐와 친구들인 아니카, 토미 남매와 할 수 있는 일이 수백만 가지나 있어요. 마을 곳곳에 있는 오래된 떡갈나무에 숨겨진 진주 목걸이를 찾으러 다니기도 해요. 유랑 서커스단에서 큰 검정말의 등에 서서 타 보거나 아주 어려운 묘기들을 따라 해 보세요. 숲속 오솔길도 평화롭게 거닐어 보세요. 암소와 황소가 갑자기 나타나 방해할 수도 있지만 걱정하지 마세요. 이 괴짜 소녀 삐삐가 그 녀석들을 공중으로 들어 올려 다른 곳으로 치워 버릴 테니까요.(삐삐는 해적질도 좀 배웠답니다.)

엄청난 고생을 하고 있다고 얘기하는 거만한 부인들 이야기는 믿지
마세요. 그렇지만 아름다운 이 도시를 위해 무언가 하고 싶다면
노란색 시청 건물이 있는 불이 난 광장으로 가서 아이들을 구하고
남의 약점만 노리는 나쁜 사람들과 맞서 싸우세요.

## 알고 있나요?

호기심 많은 삐삐 롱스타킹은 흥미진진한 여행을 하며
다음과 같은 것을 알게 된답니다.

브라질에는 대머리가 없어요. 달걀을 먹는 대신에 머리에 바르거든요.

콩고에서는 모든 사람이 거짓말을 해요.

인도에는 날마다 어른 다섯 명을 먹고 디저트로 아이 두 명을 먹는 무시무시한 뱀이 살고 있어요.

중국에 사는 어떤 아저씨는 귀가 하도 커서 비옷처럼 사용해요.

# 태평양 어딘가에 있는 무인도

《파리대왕》, 윌리엄 골딩, 1954

🌴🌴🌴

환상의 세계에서 봉사하고 싶은 마음이 든다면 바로 지금이 가장 좋은 때랍니다. 길을 잃은 영국 소년들에게는 여러분의 도움이 필요해요. 심리학에 관심이 있는 용감한 탐험가라면 태평양 어느 외딴곳에 있는 이국적인 섬으로 가 보세요. 야생 소년 몇 명이 1950년대부터 평행 현실에 갇혀 이 섬에서 지내고 있어요.

인도주의적인 임무를 성공적으로 마치려면 갈기갈기 찢긴 덤불이 가득한 모래 해안가에 우뚝 선 30미터짜리 야자나무를 찾아가세요. 섬 한쪽 끝에는 아이들이 만든 낡은 오두막이 있고, 근처에는 목욕물보다 뜨거운 물이 고인 깊은 웅덩이가 있어요. 바닷가에는 커다란 분홍빛 화강암 고대(高臺)가 있는데, 영국 소년들이 이곳에서 무정부주의적인 집회를 연답니다. 이 지역 뒤편에는 비행기 사고가 났다는 것을 알 수 있는 확실한 흔적이 있어요. 비록 비행기 잔해는 없지만요.

섬의 정확한 크기는 몰라요. 하지만 섬을 다 돌아보는 데 하루가 채 걸리지 않아요. 그렇다고 몹시 지루한 곳은 아니에요. 섬에는 야생 정글과 가파른 산이 있고 동물들도 다양하거든요.

## 여행을 시작하기 전에 알아 두세요

이 무인도의 어린 생존자들은 보살펴 줄 어른이 없어서 원시적인 삶을 살아요. 그래서 이 소년들에게 잡혀 먹이가 되지 않으려면 준비할 것이 많아요. 이 소년들의 부모는 아마 영국에 원자 폭탄이 떨어졌을 때 죽었을 거예요. 야생 소년들은 무인도 곳곳을 돌아다닌 덕에 지리를 잘 알며, 살아남기 위해 자체적으로 규칙을 만들어 생활하고 있답니다.

소년들이 탄 비행기는 핵전쟁 중에 추락했지만 신의 도움으로 목숨을 건졌어요. 소년들은 무인도에 사는 멧돼지, 게, 물고기 같은 동물과 야자열매, 익은 과일 같은 식물을 먹으면서 거대한 산호초와 수정같이 맑은 바다로 둘러싸인 이 열대 정글에서 살아남을 수 있었지요. 야자열매 껍질에 식수를 모아 놓고 1.5미터의 날카로운 막대기도 도구로 사용했어요. 평행 현실을 연구하는 일부 인류학자들은 이 소년들이 문명사회에서 사용하는 도구, 예를 들면 불을 피우는 데 필요한 안경과 날카로운 칼 따위를 갖고 있다고 주장해요. 반면 다른 이들은 달팽이와 긴 창 그리고 이상한 그림 모양을 사용하는 원시 상태의 삶을 살고 있다고 하기도 해요.

야생의 삶을 사는 이 소년들에게 들키지 않고 이들을 연구하려면 어두운 정글에 숨어야 해요. 벌레가 득실거리고 넝쿨은 얽혀 있고 온갖 나무들이 빽빽하게 들어찬 정글 말이에요. 기둥에 매달려 있는 파리대왕과 마주치더라도 무서워하지 마세요. 죽은 상태라 당신을 공격하지 못하거든요. 높은 곳에서 섬 전체를 보고 싶으면 캠프 반대편 끝쪽에 있는 산으로 올라가세요. 하지만 그 산은 깎아지른 절벽으로 둘러싸인 무시무시한 곳이에요. 게다가 짐승도 있으니 조심하세요. 아주 좁은 길로 가면 이 무서운 놈을 피해 정상까지 갈 수 있어요. 그렇지만 정말 조심해서 가파른 바위를 올라야 해요. 날카로운 줄기와 얽혀 있는 뿌리들에 걸려 넘어지지 않게 조심하고요. 산 정상에서는 섬과 떨어진 것처럼 보이는 요새 같은 성채 바위를 볼 수 있어요.

🌴🌴🌴

아이들이 날마다 멧돼지 바비큐를 해 먹을 만큼 먹을거리가 풍부하니

식량은 따로 챙길 필요가 없어요.

하지만 깨끗한 옷은 넉넉하게 여러 벌 챙기고 선크림은

꼭 가져가세요. 이 섬은 햇볕이 강해서 엄청 덥거든요.

## 동맹

당신이 가면 가장 좋아할 사람은 퍼시벌과 조니처럼 가장 어린 소년들일 거예요. 여섯 살이 조금 넘은 아이들이라 가족을 많이 그리워한답니다. 몇 명의 소년들이 사이먼과 돼지(별명)를 죽이려 해요. 이 아이들을 구하려면 재빨리 정보를 모아야 해요. 랠프와 쌍둥이 형제 샘과 에릭을 서둘러 찾으세요. '오랑캐(야만족)'가 된 패거리의 소년들을 물리치고 어린 소년들을 구하려면 위의 세 명과 동맹을 맺어야 하거든요. 모리스나 로저처럼 나이 많은 소년들은 믿지 마세요. 겉으로는 아마 순수하게 비칠 거예요. 그리고 자기밖에 모르는 미치광이 잭 메리듀와 싸워야 하니 미리 확실한 대비책을 마련해 두세요.

### ❡❡❡

예전에 잭은 교회 성가대의 솔리스트(C# 음까지 부를 수 있어요.)로 활동했어요.
그런데 이제는 사냥꾼들의 우두머리가 되어 무서운 소리를 내고
원형 춤을 추며, 풀을 걸치고 얼굴에는 피와 진흙을 칠하고 다닌답니다.

## 알고 있나요?

❡ 윌리엄 골딩은 영국 어린이들이 폴리네시아섬에 난파된 이야기를 다룬 로버트 밸런타인의 소설 《산호섬》(1857)을 참고해서 이야기를 만들었어요. 《산호섬》에서는 기독교도인 영국인은 문명인으로 설정하고 원주민은 사람을 죽이는 야만인으로 묘사했지만, 윌리엄 골딩은 《파리대왕》에서 이 오래된 베스트셀러 주제를 뒤엎어 놓았답니다. 두 이야기의 주인공은 '랠프'와 '잭'으로 이름이 같아요.

❡ 작가 윌리엄 골딩은 오늘날 인간의 내면을 드러낸 이 작품으로 1983년에 노벨 문학상을 받았어요.

❡ '파리대왕'이란 성경에 나오는 악마 두목 이름들 중 하나인 '바알세불'이라는 히브리어를 문자 그대로의 뜻으로 옮긴 것입니다.

❡ 20세기 후반 들어 이 책은 미국에서 가장 논란이 되는 100대 도서에 자주 뽑혔어요.

# 포크스
《트와일라잇》, 스테프니 메이어, 2005

초자연적 존재이지만 당신에게는 해를 끼치지 않을 일가족을 만나 볼 생각이 있나요? 유일한 '채식주의자' 뱀파이어이자 야구를 좋아하는 이 존재들을 만나려면 포크스로 가 보세요. 워싱턴주 북서쪽 올림픽 페닌슐라의 이 작은 마을은 주민이 3,000명이 조금 넘는데 그중 상당수가 이곳에 완전히 동화해 살아가는 신비한 존재들이랍니다. 거의 대부분 흐린 날이 이어지는 덕분에, 정체를 들키지 않으려면 햇빛을 피해야 하는 뱀파이어 컬렌 가족에게도 제격인 곳이지요. (오래전에 나온 이론과 달리 이 존재들은 태양 빛에 타지는 않지만, 햇빛을 받으면 피부가 반짝거려서 사람들 눈에 띄게 된답니다.) 그런데 이 지역에 뱀파이어만 사는 것은 아니에요. 포크스 근처 바다 옆에는 인디언 보호 구역이 있는 라푸시라는 도시가 있어요. 전쟁을 이끌었던 족장의 후예이자 늑대 인간으로 유명한 퀼렛 부족이 살고 있지요.

포크스는 미국의 어느 지역보다 비가 많이 내려서 마을에는 울창한 숲이 가득해요. 마을에 있는 몇 안 되는 도로들은 사철나무와 단풍나무, 이끼와 독초, 축 늘어진 전나무들에 둘러싸여 있답니다. 북서쪽에는 포트앤젤레스 시가 있어요. 바다 근처에 그림 같은 산책로가 있어 많은 관광객이 찾아오는 곳이죠.

## 포크스와 주변 지역 관광

포크스는 뱀파이어와 친구가 될 수 있는 아주 좋은 장소일 뿐 아니라 멋진 자연 경관으로도 유명해요. 가을이나 겨울에 아늑한 이 마을을 방문하려면 스포츠 용품점 '뉴튼의 올림픽'에서 좋은 부츠를 사세요. 하얀 눈이 잔디와 도로를 살포시 덮고 있어서 조심조심해서 걸어야 해요. 기온이 떨어지면 전날 내린 비가 얼어붙어 길이 아주 미끄러워요. 낭만적인 여행을 하고 싶으면 차를 빌려 북쪽 101번 도로를 달려 봐요. 넝쿨 식물과 잡초가 아스팔트 위를 뒤덮어 길이 끝난 곳에 이르면 작은 나무 팻말이 있는 0.5미터 정도의 샛길 어귀에 주차하세요. 그런 뒤 길을 덮은 위험한 뿌리와 쓰러진 나무 그리고 나뒹구는 돌들 사이를 8킬로미터쯤 가면 들꽃이 만발한 아름다운 초원이 나올 거예요. 여기가 당신이 가까운 시냇가에서 흐르는 물소리를 들으며 100년 된 뱀파이어의 빛나는 피부를 보기에 딱 좋은 장소예요.

하지만 포크스에는 이것 말고도 볼거리가 많아요. 겉보기에는 젊지만 초자연적인 존재 중 한 명과 사랑에 빠지려면 도로 옆에 있는 학교에 등록하세요. 석류색 벽돌로 장식한 건물을 보고 기죽지 마세요. 건물은 웅장하지만 학생은 겨우 358명밖에 없거든요(2005년 인구 조사 기준). 약간 소박하지만 정말 맛있는 갈비를 파는 고급 레스토랑 '로지'에서 새로운 친구들과 시간을 보내세요. 새벽에 집에 돌아가더라도 무서워할 필요는 없어요. 도둑과 괴물이 당신을 해치지 못하게끔 지역 경찰이 보호해 주니까요.

포트앤젤레스에 가면 훨씬 세련된 분위기를
즐길 수 있어요. 환드퓨카 해협 건너편에 세워진
그 관광 도시에는 옷 가게를 비롯해 멋진 이탈리아 레스토랑이 있거든요.

## 라푸시

　매력적인 뱀파이어 가족에게만 푹 빠져 있지 마세요!* 라푸시로 가서 늑대 인간 부족도 만나 보세요. 퀼러유트강 상류에 있는 이 인디언 보호 구역은 24킬로미터쯤 이어지는 울창한 숲을 경계로 포크스와 나뉘어 있어요. 늑대 인간이 이 지역을 안내해 준다면 1.5킬로미터에 걸친 거대한 초승달 모양의 퍼스트 해변을 산책하고, 그에게 오래된 인디언 전설을 이야기해 달라고 하세요. 천국처럼 느껴질 수 있지만 편안하게 일광욕을 즐기기는 어려워요. 바닷가 전체에 작은 모래알이 깔려 있는데 언제나 바닷바람이 세게 불거든요. 잿빛 해안에는 수천 개의 거대한 바위들이 늘어져 있는데 가까이에서 보면 여러 가지 빛깔을 드리우고 있지요. 우뚝 솟은 섬에는 가파른 절벽이 있고 독수리와 갈매기, 펠리컨들이 날아다니는 해안이 어우러져 아름다운 풍경을 선사해요.

✔✔✔
**추위와 늑대 인간 이야기에 흠뻑 빠졌다면**
**가까운 늪지대로 가 보세요. 깊은 곳에서 말미잘과 게, 불가사리, 뱀장어 같은**
**생명체들이 살아가는 모습을 살펴볼 수 있어 매우 황홀할 거예요.**

## 알고 있나요?

✔ 《트와일라잇》은 작가가 2003년 6월 2일에 꾼 꿈에서 착상한 이야기예요.

✔ 본래 이 책의 제목은 작품에 등장하는 마을 이름을 따서 포크스로 하려고 했어요.

✔ 작가는 포크스라는 마을에 관해 아는 바가 전혀 없었어요. 단순히 인터넷상에서 비가 많이 오는 지역을 찾은 뒤, 포크스에서 뱀파이어의 사랑 이야기를 풀어 보기로 했답니다.

✔ 포크스와 포트앤젤레스, 라푸시는 실제로 있는 도시예요. 첫 번째 책이 출간된 지 10년이 지났지만, 여전히 이 이야기를 사랑하는 많은 팬들의 발걸음이 끊이지 않고 있어요.

* 뱀파이어를 직접 보고 싶으면 북쪽에 있는 칼라와강 다리 너머 깊은 숲속에 숨겨진 100년이 넘은 아름다운 저택을 찾아보세요. 흰색 외관에 큰 현관이 있는 3층 저택인데, 층마다 아름답게 꾸며져 있어요. 하지만 삼나무 고목 여섯 그루의 가지가 집을 가려서 찾기가 쉽지 않으니 참고하세요.

# 플로리다주 올랜도의 제퍼슨 파크

《종이 도시》, 존 그린, 2008

✿ ✿ ✿

미스터리를 좋아하나요? 개장 시간이 끝난 디즈니 월드에 들어가 보고 싶지 않나요? 플로리다주 올랜도에 있는 제퍼슨 파크에서 모험을 시작하세요! 중산층이 많이 사는 이곳은 본래 '제퍼슨 박사' 땅이었어요. 제퍼슨 박사는 오렌지주스 판매업자였는데, 아주 큰 부자가 되면서 자기 이름에 '박사'를 뜻하는 'Dr.'를 넣었답니다. 마치 교육을 많이 받은 사람처럼 보이게끔 말이죠. 그가 죽은 후에 미국 해군이 그 땅을 해군 기지로 사용했고, 나중에는 지금의 거대한 주택 단지로 바뀌었어요. 하지만 제퍼슨 박사의 흔적은 지역 곳곳에 고스란히 남아 있어요. 그의 이름을 따서 이 주택 단지 이름을 지었을 뿐만 아니라 큰 자선 단체와 학교, 호수 그리고 수많은 거리에도 그의 이름이 붙어 있어요(제퍼슨 코트, 제퍼슨 로드, 제퍼슨 웨이, 제퍼슨 플레이스).

세계에서 가장 큰 '검은 산타클로스 박물관'이 있지만, 윈터파크 고등학교 와일드캣 팀의 경기를 빼면 역동적인 문화 활동은 별로 없어요.(1,200가지가 넘는 검은 산타클로스 수집품이 있답니다!) 그래서 이 동네 십 대 아이들은 올랜도 시내나 시월드 해양 동물원에 가서 실컷 놀고 싶어 해요.

## 제퍼슨 파크와 올랜도의 관광 명소

올랜도를 편하게 둘러보려면 제퍼슨 파크에 도착하자마자 차를 빌리세요. 벽걸이 융단, 러시아 인형, 램프, 검은 산타클로스 숟가락을 볼 수 있는 매력적인 크리스마스 박물관을 먼저 둘러보고 시내 중심가에 있는 어린이 공원으로 가세요. 오른쪽에 100년 묵은 떡갈나무가 있는데 많은 사람들이 자살하는 곳으로 악명이 높아요. 관광객을 피해 여유롭게 다니려면 해가 질 무렵 올랜도 중심가로 가세요. 은행과 보험 회사들의 영업시간이 끝나면 사람들을 거의 찾아볼 수 없고 텅 빈 고층 건물들만 남아 있거든요. 몇몇 나이트클럽만 삶이 지루한 사람들을 위해 문을 열었어요. 아스파라거스를 어설프게 따라 만든 10미터 짜리 조각상 '빛의 탑' 옆에는 선 트러스트 빌딩이 있는데 그곳에 숨어들 방법을 찾아 보세요. 회의실까지는 계단으로 올라가야 해요. 안타깝지만 엘리베이터는 업무 시간에만 운행하거든요. 이곳에서는 도시 최고의 야경을 즐길 수 있어요. 거대한 세븐일레븐 너머 멀리 디즈니 월드와 웻앤와일드 워터 파크까지 볼 수 있어요.

다음으로는 30년 넘은 주택이 있는 올랜도 역사 지구 칼리지 파크를 지나 세계 관광 여행의 수도라 일컬어지는 인터내셔널 드라이브로 가세요. 여기에서는 유리 거북이라든가 플로리다 모양의 냉장고 자석을 아주 싼값에 살 수 있답니다. 그리고 목적지인 시월드에 도착할 때까지 계속 가 보세요.

💥 💥 💥

해양 동물원인 시월드에 가려면 6차선 고속 도로를 건너 뱀이 있는 해자를 통과하고
철사로 엮은 2미터 높이 울타리를 넘어야 해요. 하지만 무사히 들어가기만 하면
공원을 자유롭게 둘러볼 수 있어요.

## 플로리다주 오렌지 카운티에 있는 가상 구역

이 세상에서 벗어나고 싶나요? 그러면 다 만들어지기 전에 버려진 가상의 구역을 찾으러 카운티로 가야 할 시간이에요.

제퍼슨 파크에서 한 시간쯤 달리면 쇼핑센터가 있는 '그로브포인트 에이커'라는 유령 단지가 나타나요. 습기로 얼룩지고 페인트칠도 벗겨진 데다 벌레들이 집까지 만들어 놓아 당장이라도 무너질 듯한 모습이지만 무서워하지 않아도 돼요. 지붕이 평평한 단층 건물은 튼튼해서 안전하거든요. 매장들도 있는데 무서워하지 말고 구경해 보세요. 1970년대에 발간한 잡지부터 지금은 없어진 관광 명소 기

념품까지 모두 있답니다. 떠나기 전에 여행사에도 들러 보세요. 희한하게도 수십 개의 달력이 1986년 2월에서 멈춘 것을 볼 수 있어요.

땅에 표지가 박혀 있을 뿐인 지도상의 가상 장소 퀘일 할로에는 가지 마세요. 콜리어 팜즈에도 특별한 건 없어요. 50년 넘게 버려진 듯이 황폐하거든요. 진흙투성이에다 잡초가 무성하긴 하지만 별 상관이 없다면 콜리어 팜즈에서는 몸을 숨길 만한 곳을 제법 찾을 수 있어요.

### ⨺ ⨺ ⨺

마지막으로, 오칼라 국유림 너머에 있는 가상 도시
로건 파인즈에 가려면 북쪽으로 올라가세요. 이 가상 도시에는
사람의 흔적뿐 아니라 음식 포장지조차 없어서 복잡한 세상일에서
잠시 떨어져 홀로 있을 수 있답니다.

## 알고 있나요?

⨺ 책 제목인 '종이 도시'는 저작권을 보호하기 위해 관광 지도에 허위로 만들어 넣은 도시를 뜻해요. 지도 제작자는 자신이 만든 창작물을 보호하려고 가상의 장소를 만든답니다. 만약 다른 지도에도 이 가상의 장소가 있으면 베낀 것이 되지요.

⨺ 이런 사례로는 소설 마지막에 나오는, 두 개의 비포장 도로가 교차하는 뉴욕주의 '아글로에'를 들 수 있어요. 1930년대에 오토 G. 린드버그와 어니스트 알퍼가 자기들 이름의 철자를 바꿔 이 지명을 만들었지요.

⨺ '종이 도시'가 결국에는 진짜로 존재하게 됐어요. 1940년대에 어느 미국인이 린드버그와 알퍼의 지도를 토대로 이 교차로에 '아글로에 잡화점'을 열었거든요.

⨺ 이러한 작은 함정의 사례는 백과사전에서도 사용됐어요. 1975년 뉴 컬럼비아 백과사전에 실제로는 존재하지 않는 미국 사진 작가 릴리언 마운트위즐(Lillian Mountweazel) 항목이 실린 적이 있답니다.

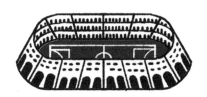

# 반쪽 피 캠프와 지하세계
### 《퍼시 잭슨과 번개 도둑》, 릭 라이어던, 2005
▼▼▼

당신에게 반쯤은 신의 피가 흐르는지도 모른다고 생각하나요? 아직 여름 휴가 계획이 없으면 '반쪽 피 캠프'에 등록하세요. 오늘날 신들의 전당은 뉴욕 롱아일랜드에 숨겨져 있지만 신들이 서구 세계를 이리저리 다녔기에 전당의 위치도 자꾸 바뀌어요. '반쪽 피 캠프' 책임자는 디오니소스라는 시큰둥한 염세주의자예요. 그리스인 아이네이아스와 아킬레스뿐 아니라 아테나 여신의 아들이자 '단순 사망자'인 조지 워싱턴 대통령도 이곳 출신이에요. 반쪽 피 캠프는 올림포스와 뉴욕 레스토랑에 딸기를 납품하는 전문 회사로 위장하고 있어요. 그리고 학생들에게는 잡다한 괴물과 사악한 반신들에게 맞서 싸울 수 있도록 검술과 활쏘기, 승마를 가르친답니다.

그렇지만 뉴욕에 신전이 하나만 있지는 않아요. 그리스 판테온에 모신 주요 신들의 고향이기도 한 올림포스는 엠파이어 스테이트 빌딩 600층에도 있답니다. 뮤즈, 사티로스, 반신들이 사는 이 마을에는 웅장한 흰 궁전과 암브로시아 시장, 장난스러운 님프들이 사는 정원도 있어요. 자체 케이블 채널까지 갖추고 있어요. 반대로, 무시무시한 지하 세계는 미국 서부 해안 지역의 깊은 땅속에 있는데 캘리포니아주 웨스트 할리우드에 있는 DOA 녹음 스튜디오를 통해 들어갈 수 있어요.

## 반쪽 피 캠프의 숙박과 활동

성스러운 반쪽 피 캠프에 들어온 것을 환영합니다. 이제 반신(半神)으로 공식 인정을 받았어요. 훈련을 받으려면 뉴욕주 롱아일랜드 북쪽 해안에 있는 반쪽 피 언덕으로 가세요. 들어가는 곳은 제우스와 므네모시네 사이에서 태어난 딸 탈리아가 커다란 소나무로 변해 지키는 경계선 뒤 산꼭대기에 숨겨져 있어요. 이 그리스식 건물은 울퉁불퉁한 언덕과 숲, 구불구불한 개울 그리고 딸기 농장에 둘러싸였기 때문에 들어가기가 그렇게 호락호락하진 않으니 주의하세요. 무자비한 미노타우로스 손에 목숨을 잃고 싶지 않으면 죽을힘을 다해 달려야 해요. 캠프에 무사히 도착하면 하늘색으로 칠한 하얀 목조 건물인 농가로 가서 정식으로 등록하세요. 상반신은 인간이고 하반신은 말인 켄타우로스족 가운데 가장 현명한 키론이 올림포스 신들에게 헌정된 새로운 숙소로 안내할 거예요. 혹시 지상에 내려온 최고의 신과 인연이 있다면 그 신의 이름을 딴 숙소로 가세요. 하지만 당신이 어느 신의 자손인지 잘 모르면 정처 없이 떠도는 여행자의 신 헤르메스에게 바쳐진 낡은 11번 통나무집에 머물러야 합니다.

훈련을 시작하기 전에 암브로시아와 넥타르를 먹고 힘을 비축하세요. 먼저 활쏘기와 투창 훈련장으로 가거나, 돌이 날아오고 용암이 뿜어져 나오는 흥미로운 암벽 등반을 하러 가세요. 그다음에는 무기고로 가서 검을 하나 얻으세요. 원하면 대장간으로 가서 직접 검을 만들어도 된답니다. 사티로스와 함께 조각상을 만들고 싶으면 예술 공예 작업장으로 가세요. 마지막으로, 야외 경기장에서 대련하고 페가수스 마구간을 거닐다가 원형 극장에서 합창단의 노래를 들으며 쉬면 됩니다. 당신이 진정한 영웅이라면 미로로 된 울창한 숲에 들어가 보세요. 하지만 반드시 칼을 들고 다녀야 해요. 그 숲에는 불멸의 괴물 중 독성이 강한 전갈이 살거든요.

▼▼▼

격렬한 전투가 끝나면 6미터 깊이의 물속에서 바구니를 짜는
변덕스러운 물의 정령과 함께 카누 젓기 호수에서 쉬세요.

## 지하 세계 방문

반신 잭슨의 회고록이 출간된 후 가짜 영웅들과 야심 찬 반쪽 피들이 엠파이어 스테이트 빌딩 입구를 둘러싸 올림포스 신전을 정신없는 곳으로 바꿉니다. 결국 진정한 신의 아들들은 더 확실한 진실을 찾기 위해 지하 세계로 떠납니다.

뉴욕에서 하데스 왕국이 있는 할리우드까지 가는 길은 험난하기 그지없어요. 지나가는 반신들을 죽이려고 메두사와 에키드나, 프로크루스테스, 아레스가 기다리거든요. 여행할 때는 반인반수인 자연 정령 사티로스와 함께 가세요. 보호자가 되어 줄 거예요.(향수를 뿌려 강한 라놀린 냄새를 감추세요.) 그리고 무슨 일이 있어도 사람 좋아 보이는 할머니나 친절한 정원 요정, 카지노 버튼과 매트리스 소매상을 믿지 마세요. 이런 난관을 극복하면 발렌시아 대로 근처에서 지하 세계로 들어가는 길을 찾을 수 있어요. 수호자와 살아 있는 것의 입장을 금지한다는 포스터가 붙은 클럽에서 말이에요. 탑승권이 없어도 걱정하지 마세요. 카론에게 뇌물을 주면 배로 변하는 엘리베이터를 탈 수 있거든요. 바닷가에 닿으면 감옥 근처에 가지 말아야 해요. 셰익스피어와 토머스 제퍼슨, 미노스왕이 주관하는 법정도 피해야 한답니다. 타르타로스 지옥에서 얼른 도망쳐야 하지만, 눈부신 샹젤리제 거리는 꼭 보고 오세요.

▼▼▼

죽은 영혼 대부분이 모여 있는 음산한 아스포델 초원을 지나면
페르세포네 정원으로 둘러싸인 음산한 지하 세계 궁전이 있어요.
석상들과 가지각색의 버섯, 꽃 대신 보석으로 장식되어 있어요.

## 알고 있나요?

▼ 이 작품은 릭 라이어던이 책 읽기는 싫어하지만 신화는 좋아한 큰아들에게 매일 밤 들려주던 이야기를 엮어 만들었어요.

▼ 맏아들 할리 라이어던이 난독증과 ADHD(주의력 결핍 과잉 행동 장애)를 앓았기 때문에 릭 라이어던은 같은 어려움을 겪는 영웅 퍼시 잭슨을 만들었어요.

▼ 퍼시 잭슨 이야기는 소설뿐 아니라 만화와 영화, 비디오 게임으로도 만날 수 있죠.

▼ 《퍼시 잭슨과 번개 도둑》은 뮤지컬로도 공연되었어요.

# 1986년의 네브래스카주 오마하

《엘리노어 & 파크》, 레인보우 로웰, 2013

1980년대에 학교를 다녔나요? 아직 학생이지만 미국 고등학교에 다니며 공부하고 싶나요? 혹시 그리운 시절이 있지는 않나요? 뉴웨이브와 포스트펑크 음악을 좋아하나요? 1986년의 네브래스카주 오마하로 순간 이동 할 시간이 왔네요! 오마하는 미국 중서부에 있는 도시로, 1980년대 중반의 청소년 문화를 생생하게 경험하는 데 필요한 모든 것이 북쪽 교외 지역에 모여 있어요. 불량 청소년, 갖가지 모양으로 올려 세운 헤어스타일, 혹독한 체육 수업, 단체 티셔츠, 만화책방, 건전지를 넣어 쓰는 워크맨과 녹음 테이프 같은 것 말이죠. 이곳 플래츠 지역에는 아주 빈곤한 백인 계층이 살아요. 중상류층은 서부 지역에서 21세기의 안락한 생활까지는 아니더라도 꽤 풍족한 생활을 하고 있답니다.(시공간을 넘어온 관광객들은 절대 스마트폰을 가져와서는 안 돼요. 엄격히 금지되어 있죠.) 교외 지역에서는 심각한 인종 차별이 계속 늘고 있어요. 모든 학생은 대부분 흑인이 다니는 노스 고등학교로 진학합니다.

플래츠는 특별한 즐길 거리가 없는 조용한 곳이에요. 다만 껄렁껄렁한 양아치들이 모여 노는 브로큰 레일이라는 술집이 해 질 녘에 문을 연답니다. 하지만 오마하 시내에는 드래스틱 플라스틱, 앤티쿠아리엄 같은 음반 가게들이 많고 중고 만화책방과 십 대 청소년에게 인기 많은 올드 마켓이 있지요.

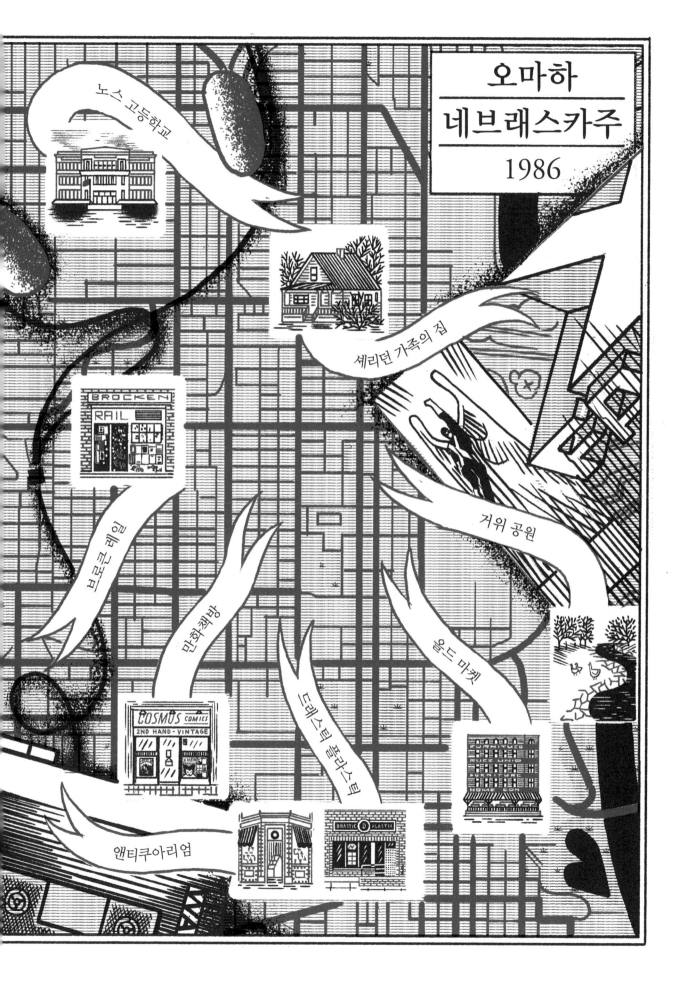

## 숙소

새로운 고등학교에서 처음 적응하기는 쉽지 않아요. 낯선 수업과 통행 금지 시간을 잘 숙지하고 청소년이 겪어야 하는 현실 생활에 잘 적응해야 해요. 서부에 사는 부자들은 다른 시대에서 온 청소년에게 관심이 없으니 당신은 플래츠에 머물러야 할 거예요. 아주 가난한데 식구 수는 많은 일가족과 작은 방 두 개를 나누어 쓰겠지만, 이층 침대에서 자 보는 경험은 기억에 남을 거예요. 화장실은 부엌 바로 옆에 붙어 있는데 문이 없더라도 너무 놀라지 마세요. 그래도 낡은 꽃무늬 커튼을 드리워 가릴 수는 있거든요. 운이 좋으면 옛날 미국 시트콤에서나 볼 화목한 셰리던 가족의 집에도 가 볼 수 있어요.(그 집에는 개인 옷장과 잔디 깎는 기계도 있을 거예요.)

ϧϧϧ

플래츠 토박이들은 당신을 친절하게 대하겠지만
공동체의 일원으로 받아 주지는 않을 거예요. 교외 지역에서는
모든 사람을 외부인으로 여겨요. 그곳이 옥수수밭이었을 때
땅을 갖고 있던 사람들을 제외하고는 말이에요.

## 오마하에서 최대로 즐기는 방법

등교 첫날에 놀림감이 되고 싶지 않으면 파마머리를 늘어뜨리고 앞머리를 세운 무례한 여자아이를 피하세요. 스와치 시계를 자랑하는 버릇없는 아이들도 마찬가지예요. 그렇다고 아이들에게 인기를 얻으려고 《트래셔》 같은 잡지에서 주워들은 은어를 쓰지는 마세요. 셰익스피어를 좋아하면 스테스맨 선생님의 문학 수업을 들으세요. 하지만 체조 선수 나디아 코마네치만큼 잘하지 못할 거라면 어떻게든 핑계를 대고 체조 수업은 빠지세요. 어쨌든 빨간색과 흰색 줄무늬에, 몸에 달라붙는 폴리에스테르 재질 체육복(흰색 플라스틱 지퍼까지 있어요!)을 입는 것도 정말 싫을 거예요. 등하굣길에 타는 스쿨 버스에서 엑스맨, 와치맨, 롬, 스웜프 싱, 배트맨 등이 나오는 만화책을 새로 만난 친구들과 바꿔 보세요. 배트맨 시리즈의 《다크나이트 리턴즈》가 막 출시되었을 거예요! 그러니 당신은 지금까지 만들어진 최고의 슈퍼히어로 만화 중 하나를 이제 처음으로 보는 순간을 맞이한 거죠. 상습적으로 시끄럽게 떠드는 소리 때문에 집중하기 어려우면 미스핏츠나 스키니 퍼피의 음악을 들어 보세요. XTC의 노래만으로는 소음에서 벗어나기 힘들거든요.

무늬 있는 넥타이 매는 것을 아랑곳하지 않는 지적인 소녀와, 아니면 영국 록 밴드 듀란듀란의 멤버처럼 아이라인을 짙게 그리고 '매드니스(Madness)'나 '마이너 스레트(Minor Threat)'라고 쓴 음악 밴드 티셔츠를 입고 다니는 소년과 사랑에 빠져 보세요. 문이 열려 있는 방에서 더 스미스, 에코 앤드 더 버니멘의 음악을 즐겨 보세요. 당신이 좋아하는 사람의 부모님과 좋은 관계를 맺고 싶으면 나중에 꼭 '마이크 해머'나 '틴에이저 스토리' 같은 드라마를 챙겨 보세요.

1980년대 첫사랑과 오마하 시내로 데이트하러 가 보세요. 21세기에서 온 관광객들이 닥터마틴 신발을 엄청나게 놀라운 가격으로 살 수 있을지 알 수 있는 곳이죠. 올드 마켓에서 햄버거로 저녁을 먹고 공원에서 거위를 구경하면서 아이스크림을 먹어 보는 거예요. 다시 현재로 돌아오기 전에 당신의 사랑이 로버트 스미스와 메리 풀의 러브스토리 같을 거라고 약속하지 말고, 여자 친구를 임팔라 자동차에 태워 프롬(고등학교 졸업 댄스파티: 옮긴이)에 데려가세요.

ら ら ら

그룹 포리너의 노래 '사랑이 무엇인지 알고 싶어요(I want to know what love is)'가

나올 때 키스하는 것도 잊지 마세요! 단, 여자 친구가

프린스 뮤직 비디오에 나오는 소녀들과 비슷한 표정일 때만요.

## 현재로 돌아와서 더 향수를 느끼려면······

ら 워크맨을 사서 예전 사랑을 떠올리며 녹음 테이프를 만드세요. 모든 노래 제목은 꼭 펜으로 써 두고요.

ら 조이 디비전, 더 데드 밀크맨, 더 큐어, 엘비스 코스텔로, 조 잭슨, 조너선 리치먼, 모던 러버스의 곡을 중간에 멈추지 말고 계속 들어 보세요. 록밴드 U2를 선택했다면 '워(War)'처럼 위험한 가사로 된 어두운 느낌의 음반을 찾으세요.

ら 일요일 오후에는 '힐 스트리트 블루스', '매트락', '마이애미 바이스', 'A-특공대' 같은 드라마의 재방송을 시청하세요.

ら 'U2', '프리팹 스프라우트(Prefab Sprout)', '푸가지(Fugazi)'라고 쓰인 예전 티셔츠를 구해 보세요.

# 서식스, 데번셔 그리고 런던

《이성과 감성》, 제인 오스틴, 1811

아직 짝을 찾지 못했나요? 당신은 열정적인 낭만주의자인가요? 이제는 소울메이트를 만나 마음의 안정을 찾고 싶나요? 대답이 '예'라면 이제 더는 주저하지 마세요. 당신의 남편 또는 아내를 찾으러 19세기 초의 영국으로 가서 대시우드 자매들과 남부로 여행을 떠나는 거예요.

대시우드 부인은 서식스에 있는 넓은 사유지 한가운데 노어랜드 파크에서 세 딸과 수십 년을 살았는데, 남편이 죽은 뒤 유산이 의붓아들에게 넘어가 데번셔로 이사하게 됐어요. 카운티에 좋은 땅을 가지고 있는 부유한 친척 존 미들턴 경이 자신의 시골집 하나를 부담 없는 조건으로 제공하겠다고 했거든요. 그의 호의 덕분에 혼자 된 상냥한 마흔 살 어머니와 엘리너와 메리앤 그리고 막내 마거릿은 엑서터에서 북쪽으로 6킬로미터쯤 떨어진 바턴 계곡의 아늑한 작은 집에서 품위 있게 살 수 있게 되었지요. 이 집에서 1.5킬로미터도 떨어지지 않은 바턴 파크에는 바로 존 미들턴 부부가 사는 우아한 저택이 있답니다.

대시우드 자매는 이 소박한 집으로 이사 온 후로 카운티에서 짝을 찾으려는 청년들을 초대해요. 겨울에는 다른 사람과 한 약속을 지키려고 다른 곳으로 여행을 떠나기도 합니다.

이성과 감성

존 월러비

런던

브랜던 대령과 메리앤 대시우드

바턴 파크

도싯

서식스

데번셔

델라퍼드

노어랜드 파크

바턴 코티지

플리머스

엘리너 대시우드와 에드워드 페라스

## 바턴 계곡의 사교 생활

데번셔로 와서 결혼 적령기의 젊은 여성들과 함께 숲속을 거닐어 보고 즐겁게 춤도 춰 보세요! 대시우드 부인은 손님 접대를 좋아해서 영국의 조지 왕조를 알고자 노력하는 예의 바른 젊은이를 환영할 거예요. 대시우드 부인의 집에 가려면 바턴 계곡으로 가세요. 꽃이 만발하고 기름진 땅에 숲과 초원이 펼쳐진 곳이랍니다. 높은 언덕과 숲이 우거진 바턴 마을을 지나면 이 친절한 부인의 작은 집 앞에 다다를 거예요. 튼튼하지만 약간 볼품없고 밋밋한 집이에요. 유산으로 받은 1만 파운드로는 지붕 기와를 수리하거나 블라인드를 녹색으로 칠할 수 없었거든요. 집 안은 좁은 복도로 나뉘고 옆으로는 1.5제곱미터쯤 되는 거실이 있어요. 게다가 하인들 방도 있답니다. 2층에는 침실 네 개와 다락방 두 개가 있는데, 당신은 그 침실 중 하나에서 지내게 될 거예요.

새로운 집에 웬만큼 적응하면 아름다운 저택이 있는 바턴 파크로 가세요. 저녁 식사가 준비되어 있고 여덟 쌍을 위한 작은 무도회도 열려요. 바이올린 두 대와 찬장에 있는 다과가 전부이지만요. 저녁 시간 동안 청혼자들이 피아노 앞에서 윌리엄 쿠퍼의 시를 낭만적으로 읊는 것을 들을 수 있어요. 신사들이 어떻게 말을 길들이고 어떻게 땅 위에 울타리를 만드는지 이야기하는 것도 들을 수 있지요.

당신이 19세기 여름의 바턴 계곡으로 간다면 간단한 음식을 마련해 피크닉을 가거나 미들턴 경이 사는 지역에서 사냥을 할 수도 있어요. 바턴 계곡의 작은 집에서 2.5킬로미터 떨어진 알렌험 계곡을 따라 산책하면서 어떤 좋은 청년을 만날 수 있을지 찾아볼 수도 있답니다.

비가 내리지 않는 날에는 바닷가로 여행을 떠나 보세요. 아니면 마차를 타고
약 20킬로미터 떨어진 휘트웰에 가서 보트를 타며
로맨틱한 시간을 즐겨 봐도 좋아요.

## 런던에서 견문을 넓혀요

데번셔 젊은이들이 당신 취향이 아니라면 겨울 동안은 런던에서 지내 보세요. 모든 카운티에 있는 미혼들(서머싯의 쿰 마그나 저택에 사는 윌러비, 런던과 옥스퍼드에서 지내는 에드워드 같은 청년들이요.)은 추운 계절이 오면 런던에 모여 화려한 춤을 추고 음악회에 참석하고 고급스러운 벽난로 앞에 앉아 카드놀이를 해요. 화창한 날에는 켄징턴 가든을 거닐기도 한답니다. 몇 주 동안 런던에 머무를 생각이면 버

클리가에 있는 제닝스 부인의 아름다운 집에 묵어 보세요. 거실이 더할 나위 없이 훌륭해서 콘뒤트가와 할리가, 바틀릿츠 빌딩스에 사는 친척과 친구들로 항상 북적거린답니다. 또 잘 숙성된 콘스탄티아 포도주와 잘 익은 체리 맛을 즐기면서 활기찬 대화를 나눌 수 있거든요. 도시에 왔으니 쇼핑도 해야겠죠? 본드가에는 아름답고 값비싼 신상품이 펼쳐져 있어 아마 감탄이 절로 나올 거예요. 색빌가에는 그레이 보석상이 있어요. 유행이 지난 보석을 팔 수도 있고 상아, 금, 진주로 만든 이쑤시개 상자를 살 수도 있어요.

운이 좋아서 도싯서 지역의 부유한 상속자와 약혼한다면 아주 안락하고 편안한 델라퍼드에 정착할 수 있어요. 큰 과수원과 비둘기장, 오래된 전망대, 관상용 물고기들이 사는 멋진 연못과 아름다운 운하에 둘러싸인 쾌적한 곳이에요.

하지만 프러포즈도 못 받고 이제 시끌벅적한 도시도 싫증 났다면
브리스톨에서 몇 킬로미터 떨어진 현대식 별장 클리블랜드에서 쉴 수 있어요.
전나무와 아카시아, 키 큰 포플러 아래에 자리 잡은 이 아름다운 집에는
책이 가득한 도서관과 당구대까지 있답니다!

## 알고 있나요?

제인 오스틴은 처음에 이 소설을 '엘리너와 메리앤'이라는 제목을 붙여 서사시 형식의 소설로 썼답니다.

이 작품은 1811년에야 출판되었지만, 초안은 작가가 겨우 열아홉 살 때 썼어요.

《이성과 감성》 초판은 '어느 부인(A lady)'이라는 가명으로 발표했어요.

제인 오스틴은 결혼을 중심으로 이야기를 풀어 가지만 정작 자신은 결혼하지 않았어요.

# 감사의 글

먼저 멋진 삽화를 그려준 훌리오 푸엔테스에게 감사드립니다. 여러분도 보셨나요? 저는 처음 본 순간부터 매료되었습니다. (궁금한 분들을 위해 말씀드리자면 제가 본 건 '이상한 나라의 앨리스'였습니다.)

계속 원고가 늦어짐에도 인내심을 가지고 기다려 준 편집자 로사와 언제나 좋은 제안을 해 준 아이나에게 감사합니다.

이 책을 쓰는 동안 물심양면으로 지원해 준 가족과 친구, 고양이, 특히 어머니 마리아와 마르타에게 감사의 말을 전합니다.

그리고 나쁜 마녀들, 삐삐 롱스타킹, 아나베스 체이스, 체셔 고양이, 신더, 앨리스 컬렌, 엘리너 대시우드, 더스트핑거, 캣니스 에버딘, 푸후르, 게드, 골룸, 딕 그레이슨, 사냥꾼 아이더 한스, 헤르미온느, 셜록 홈즈, 마법사 하울, 줄리아, 키르타슈, 모든 릴리펏 주민, 모르가나, 나나, 움파룸파족, 판탈라이몬, 랠프, 파크 셰리던, 마고 스피겔먼, 산사 스타크, 파우누스족 툼누스, 여우에게도 정말 감사합니다.

그리고 무엇보다 이 지도책을 손에 들고 있는 당신에게 감사드립니다. 저는 당신이 항상 책들 안에 있는 환상의 세계로 여행하고 싶어 하기를 간절히 바랍니다.